《時代》雜誌
史上十大圖像小說之一

「史上**最偉大**的漫畫角色之一的殘酷重啟版本⋯⋯主流超級英雄從未如此真實過⋯⋯」

《時代》雜誌

「法蘭克・米勒的《黑暗騎士歸來》很可能是**史上閱讀次數最多**的迷你系列漫畫⋯⋯它肯定也是最有影響力的漫畫之一。」

《富比世》雜誌

「野心異常又**引人入勝**的犯罪小說。」

《滾石》雜誌

「**最佳**蝙蝠俠故事之一。」

全國公共廣播電台

「《黑暗騎士歸來》成為出版業的**大事件**，與《守護者》共同為漫畫媒體帶來全新的野心時代，直接導向當代超級英雄電影的蓬勃發展。」

《洛杉磯時報》

「對我這個世代中的許多人，與許多隨後而來的讀者而言，《黑暗騎士歸來》從上市以來，就成為漫畫中的《麥田捕手》。」

凱文・史密斯

法蘭克·米勒
作者、鉛筆稿繪者

克勞斯·詹森
描線

琳恩·瓦利
上色

約翰·康斯坦薩
字幕師

蝙蝠俠由鮑勃·凱恩與比爾·芬格所創
超人由傑瑞·西格爾與喬·舒斯特所創
經由傑瑞·西格爾家族特別約定

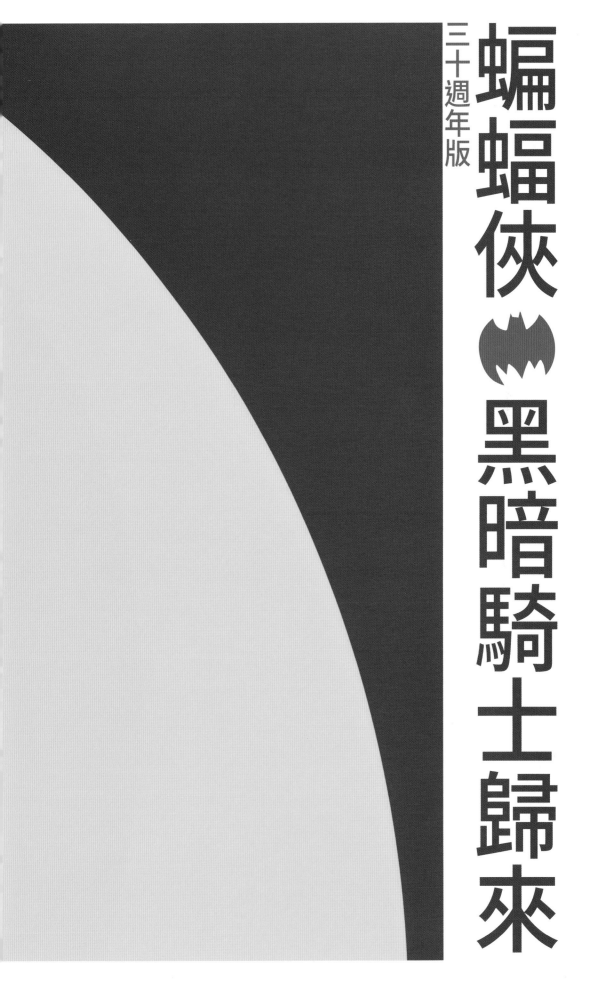

蝙蝠俠 黑暗騎士歸來

三十週年版

BATMAN : THE DARK KNIGHT RETURNS 30TH ANNIVERSARY EDITION

COMPILATION, COVER AND ALL NEW MATERIAL COPYRIGHT® 2024 DC. ALL RIGHTS RESERVED. ORIGINALLY PUBLISHED IN SINGLE MAGAZINE FORM IN BATMAN : THE DARK KNIGHT RETURNS 1-4.

ORIGINAL U.S. EDITORS : DICK GIORDANO AND DENNIS O'NEIL.

COPYRIGHT® 1986 DC COMICS. ALL RIGHTS RESERVED. ALL CHARACTERS, THEIR DISTINCTIVE LIKENESSES AND RELATED ELEMENTS FEATURED IN THIS PUBLICATION ARE TRADEMARKS OF DC COMICS.

THE STORIES, CHARACTERS AND INCIDENTS FEATURED IN THIS PUBLICATION ARE ENTIRELY FICTIONAL.

DC COMICS DOES NOT READ OR ACCEPT UNSOLICITED IDEAS, STORIES OR ARTWORK.

PUBLISHED BY ECUS PUBLISHING HOUSE UNDER LICENSE FROM DC COMICS.

ANY INQUIRIES SHOULD BE ADDRESSED TO DC COMICS C/O ECUS PUBLISHING HOUSE.

蝙蝠俠：黑暗騎士歸來（三十週年紀念版）

作者/繪者｜法蘭克·米勒（FrankMiller）
譯　　者｜李函
副 社 長｜陳瀅如
總 編 輯｜戴偉傑
主　　編｜何冠龍
行　　銷｜陳雅雯、趙鴻祐
排　　版｜關雅云
封面設計｜兒日設計

出　　版｜木馬文化事業股份有限公司
發　　行｜遠足文化事業股份有限公司（讀書共和國出版集團）
地　　址｜231新北市新店區民權路108-4號8樓
劃撥帳號｜19588272 木馬文化事業股份有限公司
客服專線｜0800-221-029
客服信箱｜service @bookrep.com.tw
法律顧問｜華洋法律事務所 蘇文生律師
印　　製｜呈靖彩藝有限公司

初版一刷｜2024年2月
定　　價｜700元
ISBN 978-626-314-589-4　（平裝）

著作權所有，侵害必究
特別聲明：有關本書中的言論內容，不代表本公司/出版集團之立場與意見，文責由作者自行承擔。

在咖啡廳裡……

在《黑暗騎士III：優越種族》的編劇，法蘭克·米勒與布萊恩·阿札瑞羅關於《蝙蝠俠：黑暗騎士》的對談，他們聊起它的發行與對世界帶來的持續衝擊。

布萊恩：我們上時光機去吧。

法蘭克：好。不繫安全帶，對吧？

布萊恩：當然不。時間是1986年……

法蘭克：該死，我們不能回到更早之前嗎？

布萊恩：這次不行。《黑暗騎士》準備上市了。你覺得如何？它已經脫離你的掌控，準備進入店面了。

法蘭克：我很興奮。

布萊恩：我想知道，你先想出的是世界觀或蝙蝠俠？你知道，《黑暗騎士》超越當代太多了——遠遠超過1980年代中期的時代精神。當時你想的是「我想講個關於蝙蝠俠在這世界的故事」還是「我想講個蝙蝠俠故事」，再讓世界滲入其中呢？

法蘭克：不。我一開始的打算，是講述如果蝙蝠俠確實從出版起源就活到現在，在他這年紀所發生的故事。他老了，他見識到世界的變化，以及他要如何將第二次世界大戰的心態帶到現代世界中。對他而言，他對抗的不再只是罪犯，而是道德敗壞與政治貪腐。

布萊恩：就《黑暗騎士》而言，我相信你對漫畫最重要的貢獻之一，是你將真實世界帶進超級英雄漫畫，也用前所未見的方式，利用這些角色評論當時在我們身邊發生的事。在《黑暗騎士》之前，那些東西都只是逃避現實的作品。

法蘭克：蝙蝠俠永遠是29歲，所以我決定讓他變成50歲。我覺得50歲的他比較接近死亡。我讓他看起來至少有60歲，因為我覺得那就是50歲的長相。與其讓他變得纖瘦結實，我反而讓他變成大塊頭。我

要重現迪克·史布朗[1](註)的角色描寫，把他畫成三角形。

布萊恩：對啊，他看起來像變老變胖的摔角手或美式足球員。

法蘭克：如果你被打中太多次，也會這樣。他的臉有點凹陷。

布萊恩：你起初這樣做的誘因是什麼？

法蘭克：噢，很簡單：我當時29歲，很害怕邁進30大關。對我來說，那等於進入中年。

布萊恩：當你開工時，有覺得興奮嗎？你會不安嗎？我是說，當時你的心態如何……這是30年前的事了。

法蘭克：我完全記得當時的感覺——我想做這件事已經很多年了！我唯一知道的阻礙，就是對舊故事的真實敬意。所以DC起初感到畏懼，也沒理解我熱愛這些角色。我不想做出任何令人厭惡的作品。

布萊恩：沒必要。

法蘭克：我知道，那樣完全幫不上忙。

布萊恩：當你剛開始把這篇故事交給保羅·萊維茲時，他有什麼反應？

法蘭克：我先把故事交給珍奈特・卡汗。

布萊恩：早於保羅嗎？

法蘭克：對，她很喜歡這篇故事的點子。我們和保羅談過，大家都很有興趣。後來，當他們看到實際故事時，就對稿子感到非常害怕。

布萊恩：珍奈特有害怕過嗎？

法蘭克：不，她完全支持我，當第一卷上市並立刻二刷和三刷時，保羅就迅速改變想法。

布萊恩：但它引起了一股轟動。它並沒有立刻成為當今備受崇敬的大作。

法蘭克：當它上市時，就讓許多書迷大為光火，但銷售量一飛衝天，所以店家都非常開心。在這時候，店家大多是會把漫畫包在麥拉薄膜中的書迷與老收藏家。所以當我在幫他們賺錢時，他們也指控我違背了他們的信任。

布萊恩：你捅了他們的童年一刀。

法蘭克：對我來說，我覺得非常開心。

布萊恩：我同意你的說法，過了30年後，你冒犯到的那些人已將它當作蝙蝠俠的核心支柱。我不是把這本書視為嚴肅寫實作品的人之一。這本書裡有很多政治諷刺戲碼。

法蘭克：我邊寫它時邊大笑。
布萊恩：我也覺得裡頭有很多笑點。

法蘭克：比方說，拿心理學家的電視片段來說好了——他解釋一切都是人類心靈的健康運作方式，包括謀殺。

布萊恩：我想說的是，這本書因為黑暗又寫實而惡名昭彰，但那並非事實。我是說，裡頭肯定有那類橋段，但那些橋段生效的原因，是由於它們與某些真實而誇張的諷刺劇有關。即便在我們首次看到超人時，他身邊有飛鳥，天空也一片晴朗……

法蘭克：還有脾氣古怪的布魯斯・韋恩。我想，克拉克的老化跡象只會出現在他眼睛旁的俊美魚尾紋。不然他與平常一樣氣宇非凡，蝙蝠俠則變老了。

布萊恩：儘管《黑暗騎士》不是我認識蝙蝠俠的契機，它肯定是我首度見到身為漫畫人物的蝙蝠俠。我在它剛上市時就讀過它，而你讓超級英雄角色產生重要性的方式，讓我大感驚奇。它真的充滿革命性質。故事也很瘋狂——就連批判者都能享受整篇故事。你每一卷都在超越自己。

法蘭克：我特別喜歡繪製第二卷的封面，他在故事裡被痛打一頓，就因為他有點像洛基。比起揮拳，他更擅長承受重擊。他可以承受你給他的任何攻擊，並繼續前進。

布萊恩：他也辦到了。第二卷就是變種人那卷。

[1] 譯注：Dick Sprang，在美國漫畫的黃金時代最主要的蝙蝠俠繪者之一。此處原文誤寫為Dick Spring。

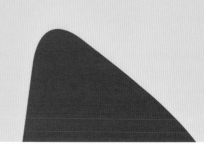

法蘭克：長尖牙的傢伙。

布萊恩：蝙蝠俠在那卷被痛扁了一頓。

法蘭克：T先生在當時是頗受歡迎的人物。

布萊恩：克拉伯·朗[2]。

法蘭克：我也盡量讓他的說話方式接近T先生。

布萊恩：哇。

法蘭克：我知道，我從負責幫《黑暗騎士》上色的琳恩·瓦利身上想出變種人的說話方式。她和她兄弟們會使用某種讓我大感驚奇的交談方式，所以我讓所有變種人都用那種方式說話。

布萊恩：當你寫作時，住在哪裡？你住在這裡嗎？紐約？本地當時的名聲很危險。

法蘭克：噢，那是很糟糕的時代。柯屈當時是市長，也盡力改善狀況。犯罪非常猖獗，我也被搶過幾次。我非常光火，也重覆看了克林·伊斯威特的電影好幾次，也變得很偏執。我想如果蝙蝠俠是個成人，就會解決這些問題。

布萊恩：那是伯納德·哥茲[3]事件之前還是之後？

法蘭克：哥茲在我撰寫第一卷時犯案。一切都是巧合。

布萊恩：如我所說，它和時代精神有關，你肯定也深入其中。你知道，蝙蝠俠才剛度過75週年，《黑暗騎士》也出版30年了。你的書和對蝙蝠俠的詮釋影響了這角色一半的生涯。

法蘭克：你現在可以幫我訂台輪椅嗎？

布萊恩：我很樂意。也訂一台給布魯斯。

現在是30年後。回頭看看這本書帶來的衝擊時，你有什麼感覺呢？

法蘭克：華特·西蒙森[4]曾告訴我一件很寶貴的事：當業餘人士想從專業人士身上學習時，他們經常學到專業人士的錯誤。我也看過業餘人士複製了我身為藝術家所犯的錯，也讓我了解該如何更妥善地傳達意思。當別人重製我的古怪畫風後，我就看出自己的繪畫技巧有多弱，我也透過許多方式加強。就漫畫而言，這就是它對我的衝擊。它確實影響了創作者安排故事節奏的方式，那也很不錯。

《黑暗騎士》主要的影響，是為編劇與繪者帶來更多工作上的自由，我們也將這些曾一度不可高攀的角色帶往新方向。《黑暗騎士》很成功，出版商也明白，他們必須在不加以限制的狀況下，出版更多這類作品。

——巴黎與紐約市，2015年11月。

[2] 譯注：Clubber Lang，T先生在《洛基三》中扮演的角色。
[3] 譯注：Bernhard Goetz，1984年12月22日在紐約市地鐵站射殺四名黑人的白人男子。
[4] 譯注：Walter Simonson，美國漫畫家，曾創造漫威《雷神索爾》中的貝塔·雷·比爾。

力量的真相

詹姆斯·奧爾森
(JAMES OLSEN)

在我們大多數人準備喝早晨的咖啡前，這間小酒館已經擠滿忙碌的客人。

這家酒吧位於大都會 (Metropolis) 鬧區街道底下兩層地鐵樓層的位置。走出南向側的舒斯特書店 (Schuster) 站後，往左轉兩次，再步行大約十五英呎，你就會站在它上頭了。

但你也能漫不經心路過，完全不曉得它的存在。

上頭沒有招牌。連扇門都沒有。只有一道看似適合進行謀殺的漆黑走廊。深呼吸。順著香菸的臭味和藍調點唱機的聲音走進裡頭。

那是間品質還過得去的廉價酒吧。在早上的交通高峰期前進去的話，你就可能會找到位子。

這個地方讓你覺得不太對勁的第一點，就是酒保。你永遠忘不了他的臉。他是個歷經滄桑的巨漢。這個憔悴男子的臉上，長了如雷射光般鮮紅的雙眼。他的前額看似破損的懸桁，彷彿隨時會崩壞瓦解。他天生的黃綠色皮膚已染上了一抹灰色色澤。

他的嗓音聽起來像是被擠壓在門下的可樂瓶。

他的名字是瓊斯 (Jones) [5]。

他說他來自火星。

沒人告訴他說他瘋了，這些悲哀的老酒客都不會這樣做。也不是因為他們怕他。

他們見過也做過不可能發生的事蹟。

他們不是會自吹自擂的自大狂，不會吹噓自己能用車子做臥推，或跑得比子彈還快，或是能飛上空中並懸浮在原處。不。這些人不會這樣幹。

這些人不需要證明自己。他們已經歷過風風雨雨了。

除了總是坐在吧台盡頭的凳子上的老「彈指人」[6]，他的綽號名副其實，因為他老是彈著手指，並滔滔不絕地述說強大的人物、橫跨全球的冒險和心狠手辣的世界征服者，你能想到的都有。

---

[5] 譯注：原名強恩·瓊茲 (J'onn J'onzz) 的火星獵人 (Martian Manhunter)。

於A24頁繼續

接續A1頁

他從未停止彈該死的手指。他也從不停止喝酒,也老是叨念著昔日時光。那段榮光歲月。

他稱之為「黃金時代」。

英雄時代。

其他老傢伙們對彼此咕噥並點頭,互相說著講了上千次過的老笑話。即便是皮膚如甜菜般漲紅的老胖「企鵝(Penguin)」尖聲咒罵了一兩次後,就流下淚來。

接著他們開始談話。如果你還有點腦筋,就會仔細聆聽。

他們談起神奇冒險,聽起來像是一堆退休汽車維修工人。

他們談起了一個擁有鋼鐵之軀的男人。還有個亞馬遜公主。

但他們從未提到那個惡毒的人。那個手段殘忍的人。那個不會飛行或赤手空拳扭曲鋼鐵的人。那個人嚇壞了大夥,還嘲笑我們其他人,因為我們只不過是心懷欽羨的懦夫。

不。他們從來不談他。說出他的名字,就會看到迪布尼[7]的臉瞬間下垂,下巴還撞到吧台。

他們之中沒人想聽到蝙蝠俠的名字。

有人低調地暗殺掉他了嗎?還是他只是覺得我們不值得他花時間?

這個問題在空中凝結了一兩分鐘,接著瓊斯為所有人和自己迅速倒了一輪酒。

他們又聊了起來。聊到昔日。那段榮光歲月。

他們記得。

當時他們在場。身陷風雨之中。

那是從前。

時間不算太久以前。

那時我們曾經有過英雄。

---

[6]譯注:盧卡斯・「彈指人」・卡爾(Lucas "Snapper" Carr),正義聯盟中的跟班角色。

[7]譯注:Ralph Dibny,收縮人(Elongated Man)的本名。

當讀數突然失靈時，我就自己接管了最後一趟路。我切換成手動模式——

布魯斯，我是卡蘿。你開太快了！

——但電腦的電路開始運作，拒絕放手。我得哄騙它。

它不是設計來——布魯斯！

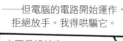

布魯斯，你這個狗娘養

SKRINN 嘎嘎，

它往我的臉放出如同熱針的火星，想弄瞎我。我奪回掌控權了，我喜歡。

接著前車頭忽然晃動起來，一切都失控了。我知道會發生什麼事。

我只有不到兩秒的時間能關閉這團亂，並放棄比賽。

憤怒的引擎與我爭辯。**終點線**近在眼前。它吼道：非常近了。

左前輪決定自行運轉。我嘲笑它，並把方向盤往右打。

車鼻挖起了一塊碎石。我注視著它——

——接著直接望進太陽之眼。

這死法**不錯**……

……但還**不夠**好。

……紐曼淘汰賽精彩完結，費里斯六〇〇〇一路飆過終點線，化為布魯斯·韋恩起火的棺材……

……大家**以為**如此。結果這位千萬富翁在最後一刻**逃出生天**。他只有**輕微**燙傷。蘿拉？

謝了，比爾。在**這種**天氣下，我很訝異還有人會**想到**運動。對吧，戴夫？

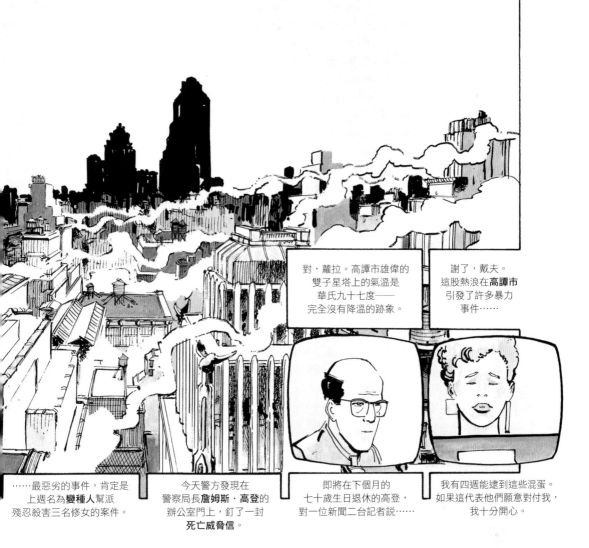

對，蘿拉。高譚市雄偉的雙子星塔上的氣溫是華氏九十七度——完全沒有降溫的跡象。

謝了，戴夫。這股熱浪在**高譚市**引發了許多暴力事件……

……最惡劣的事件，肯定是上週名為**變種人幫派**殘忍殺害三名修女的案件。

今天警方發現在警察局長**詹姆斯·高登**的辦公室門上，釘了一封**死亡威脅信**。

即將在下個月的七十歲生日退休的高登，對一位新聞二台記者説……

我有四週能逮到這些混蛋。如果這代表他們願意對付我，我十分開心。

諷刺的是，今天也是**蝙蝠俠**最後一次目擊事件的十週年。依然沒有人清楚他是否死亡或退隱了。

我們年輕一點的觀眾不太可能記得**蝙蝠俠**。最近的民調顯示，大多高中生認為他只是**傳說**。

但他是千真萬確的人物。即便在今天，對於他獨自一人對抗犯罪的戰爭中涵蓋的功過，大眾依然熱議不斷。

本記者認為他活得好好的，正在朋友們的陪伴下享受慶功酒……

當我們分開時，吉姆捏了我的肩膀，並露齒一笑。「你只是需要一個女人。」他說。

……我心中的生物扭動嘶吼，向我說我需要什麼……

我把車留在停車場中。現在我受不了待在任何東西裡頭。我走在這座城市的街頭，也逐漸學會痛恨它；這座城市自暴自棄了，和全世界都遺棄它了一樣。

我是具行屍走肉。我是艘漂泊的幽靈飛船。我是個死人，已經死了十年……

等到早上，我就會好一點。
至少，我會覺得**比較麻木**……

問題是**晚上**──城市的氣味
呼喚**他**，而我還躺在
數英哩外百萬豪宅中的
絲質被單上……

……警笛聲驚醒了我，
有一瞬間，我忘記一切
都結束了……

但**蝙蝠俠**是個年輕人。
如果他想要的是**復仇**，也已經
得償宿願了。自從他出生以來，
已經過了四十年……

……他在這
裡出生。

他又帶我回
來了──
讓我看這裡
的改變有多
小。這裡更
老，更髒，
但是──

──一切
彷彿昨天
才發生。

事情可能發
生在當下。

他們倒在你
腳邊。身體
不斷抽搐
著，還流著
血……

……而從你的人生中偷走一切
意義的人，可能就站在……

……站在那裡……

他看到
我們了

繞到他後面
──

來吧，甜心，
把他大卸八塊

──我不曉得
耶，老兄。他的
塊頭很大──

是**他**，沒錯。我
們知道很多傷害
他的方式……

有這麼多懲罰他的
可愛方法……

不，這不
是他。

大卸八塊。
我們有業績
得──

有這麼
多……

我不曉得呀，
老兄，看看他。
他要拚命了
──

我該說什麼？

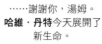

……謝謝你，湯姆。**哈維·丹特**今天展開了新生命。

當前地方檢察官丹特的半張臉遭到強酸毀容時，就開始偏執於數字「二」。

丹特相信毀容揭露了他本性中潛藏的邪惡面。他開始以**一美元硬幣**當作個人象徵……

……一面遭到**毀損**，以代表他分裂人格中的衝突面貌。投擲硬幣，便決定了他的受害者生死。

丹特的罪行極度病態，最駭人聽聞的案件則是他最後一案——

——他綁架勒贖了一對連體嬰，即便在取得贖金後，他還試圖殺害其中一人。

十二年前，他在犯案時遭到高譚市的知名義警蝙蝠俠逮捕，便被送往**阿卡漢精神病院**。

過去三年來，丹特受到巴索羅謬·沃普醫生的精神治療……

……而諾貝爾獎得主**赫伯特·威林斯醫生**則致力於重塑哈維·丹特的臉孔。

今天接受採訪的兩位醫生都十分興奮。

哈維準備好看看世界，並說：「嘿——我沒事了。」

他看起來很棒。

丹特對媒體短暫致詞……

我不要求高譚市原諒我的罪過。我必須投身於公共服務，才能贏得諒解。

對我而言，這是漫長噩夢的結尾……也是贖罪的第一步。

接著，丹特取出一枚
全新鑄造的**一美元硬幣**，
引發了熱烈掌聲。

硬幣自然完好無缺。

但警察局長詹姆斯·高登
對釋放丹特的反應
並不樂觀⋯⋯

不，我**不滿意**。沃普醫生
的報告似乎過度**樂觀**了
——更別説充滿漏洞。

而贊助丹特療程的
百萬富翁布魯斯·韋恩，
則説⋯⋯

高登説的話似乎太過**悲觀**了
——更別説還很**無禮**。

局長是個優秀的**警察**——
但我想，他並不**擅長**
識人。我們必須**相信**
哈維·丹特。

我們必須相信，我們能夠
擊敗內心的惡魔⋯⋯

⋯⋯比兔子
還快⋯⋯

看看那孩子跑步
的模樣！我們
家出運動員
了！

布魯斯——當你抓到
牠時，你要怎麼——

別跑進那
個洞——

布魯斯！

⋯⋯比兔子
還快，媽！
快看！

逃不過我的
手掌心⋯⋯

牠帶著**古老的**優雅姿態滑翔……

不願和牠的兄弟一樣**撤退**……

雙眼**閃動精光**，不受愛情、喜悅或悲傷所動……

灼熱的氣息中帶著死亡敵人的味道……死者的氣味，**受詛咒**的氣味……

它必然是最凶狠的生存者——最純粹的戰士……

注視，憎恨……

……將我**占為己有**。

做夢……

當那件事發生時，我只有六歲。那時我首度見到**蝙蝠洞穴**……

……如同教堂般龐大、空曠而沉默，它靜靜**守候**，如同等待中的**蝙蝠**。

現在**蜘蛛網**四處蔓延，灰塵也堆積如山，和我心底一樣——

——他**嘲笑**我，咒罵我。笑我是個**蠢蛋**。他填滿了我的**夢境**，他**欺騙**我。在漫漫長夜下，當我的意志力**薄弱**時，他會帶我來這裡。他無情且滿懷恨意地掙扎，企圖脫困——

我不會讓他得逞。我**發過誓了**。

為了**傑森**。

永遠。

永遠不會。

布魯斯少爺？

你觸動了警報器，少爺。

這種夢遊症狀越來越麻煩了，尤其是對我們這些喜歡在床上睡覺的人而言。

我想，是因為酒精。那容易讓人傷感。

來吧，少爺。這個時間不太適合看古董，對吧？

……當然不適合，阿福。抱歉吵醒你了。

現在凌晨三點半

你的鬍子怎麼了？

布魯斯少爺。

對我而言，這是漫長噩夢的終結……也是贖罪的第一步。

……這是哈維·丹特今天早上失蹤前，最後一次的公開發言。

警察局長高登已對丹特發布了全境通緝令，但有人對此抗議……

……也就是**巴索羅謬·沃普醫生，**丹特的精神科醫師……

通緝

所以——你覺得怎樣？我覺得太他媽的熱了——

——我覺得他該攤牌或蓋牌。

高登的反應是典型的歇斯底里……

我指的是丹特——不是這個蠢蛋。

我也是。攤牌或蓋牌。

少了他，我們日子也還過得去

嗯

以及典型的麻木不仁。相反地，哈維是個極端敏感的人……

我是說，雖然不是很棒……

沒錯。

……處於極度脆弱的情緒狀態。我相信……

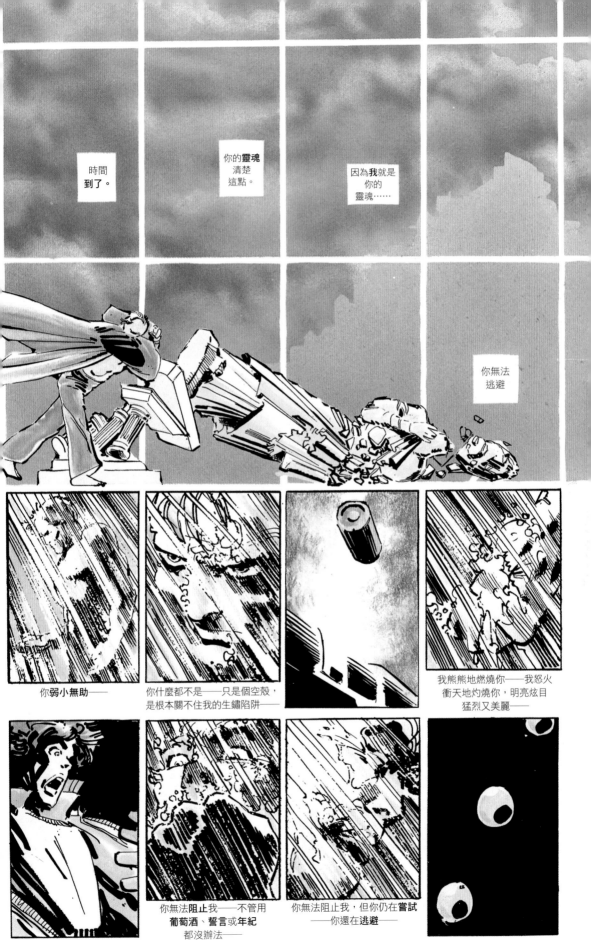

RRRMMMMBBBLLLLLL

轟隆隆隆

……郊區的輸電線路全數**失效**。
風暴很**強勁**——它直奔高譚市了。

宛如上帝的怒火，直撲高譚前進……

……雨突如其來地下起來。我有帶雨傘嗎？
肯定沒有。如果我有帶傘的話，現在還會下雨嗎？

當然不會。

嘿，媽咪……

……來溫暖的地方吧。

我需要妳，媽咪。

讓我感覺安全吧。

噢不，拜託……

拜託，上帝，不要——

輕聲說話……

……在植髮技術上的突破，
而且──
不好意思。

我剛收到消息──
有人在高譚市南區
看到一隻**蝙蝠狀**的大型生物。

據說牠攻擊了三名在該社區
作亂的三名**竊賊**，
導致他們受到重傷。

難道是……

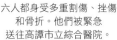

他們在那，
小子

加速吧。

重覆──
各單位注意──
高譚信託銀行
發生搶案！

剛剛收到快報──有人在某座
河濱倉庫找到今早失蹤的
兩個孩童。

某條匿名線報讓警方循線
找到倉庫，並在裡頭
找到孩童和
六名**變種人**幫派成員。

六人都身受多重割傷、挫傷
和骨折。他們被緊急
送往高譚市立綜合醫院。

孩童描述某個穿得像
吸血鬼德古拉的巨漢襲
擊了幫派成員……

那破老爺車——它同時從銀行離開——

管它的。那台改裝車一定是我們的目標……

市民占滿了警方的電話線，描述高譚市的地下世界似乎正遭到……

……**蝙蝠俠**的攻擊。

儘管有好幾名被營救的受害者對記者描述了這名義俠的模樣……

……詹姆斯・高登局長拒絕回答這是否代表蝙蝠俠的**回歸**……

如果我們追丟他們，高登就會宰了我們……

該死——那傢伙跑真快！

嘿，那是什麼？

你在說什麼？我不——

在上面——那是——某種怪東西——

小子——這時候不適合——

但那是——！

好啦！好啦！什麼——

老天爺

……警方不斷發現身負重傷的罪犯——目擊證人的描述怪異又充滿矛盾……

你慢下來了！

嘿。對呀。我們有好戲看了，小子。

……大多描述似乎都符合蝙蝠俠的手法與外型——或至少是他過往的形象……

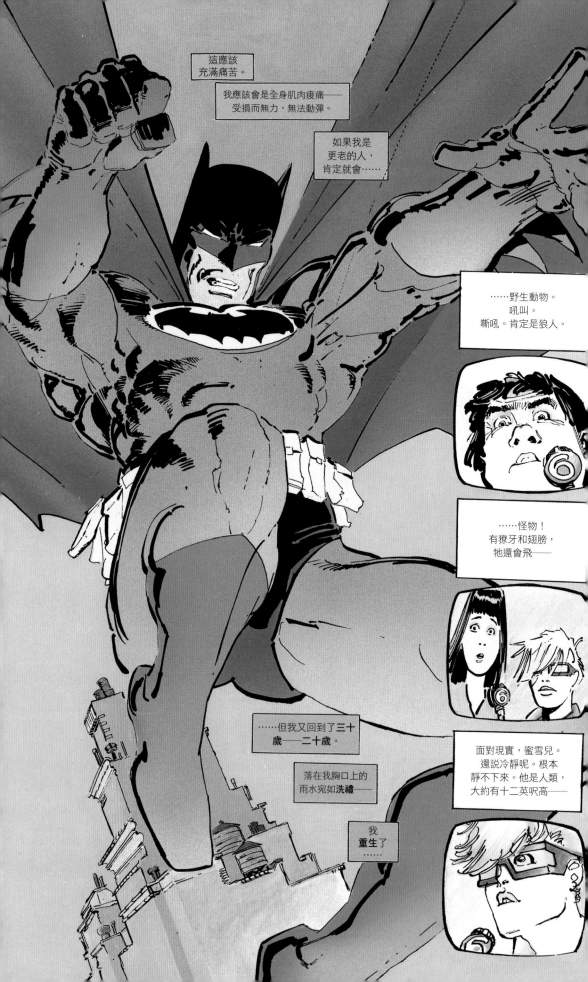

……但他不比他的敵人們危險，對吧？隨便選，以哈維·丹特來說好了……

真可愛，拉娜，但並不恰當。對哈維·丹特這種飽受身心煎熬的人而言，也不公平。

他肯定讓他的受害者感到煎熬。

那是以前，拉娜，**以前**。如果哈維·丹特返回犯罪生涯——請注意，我說的是「如果」，那他肯定無法控制自己。

而蝙蝠俠可以控制自己？

當然了。他完全清楚自己在幹嘛。他是典型的社會法西斯主義者。

那你為何說他有**精神病**？因為你喜歡用那個詞來稱呼你的小腦袋瓜無法承受的動機嗎？因為他對抗犯罪，而不是進行犯罪嗎？

妳不把過度暴力稱為犯罪嗎？攻擊罪呢，肥婆？或是私闖民宅呢？嗯？魯莽……

叮

抱歉，莫利，但我們沒時間了——不過我確定對今天遲到的觀眾而言，這場辯論還沒有結束，今天的《觀點交鋒》……

……和昨晚多名遭到疑似為蝙蝠俠的對象攻擊的被害人有關，他們都可能是罪犯。

令人擔心的，還有今天早上警方公關部路易斯·蓋勒格宣布，在其中一名嫌犯身上找到了一枚毀損的一元美金硬幣……

在昨晚的工資搶案中，記得哈維·丹特罪行的觀眾，就能認出這是他的標誌。

《觀點交鋒》

警察局長高登拒絕確認他已發出逮捕令……

該死的媒體!!

詹姆斯·W·高登
警察局長

依然緊追蝙蝠俠顯而易見的歸來……

別再外流情資了，蓋勒格——不然我就砍了你的頭！

狗娘養……！

……這的確讓人覺得似曾相識……

把該死的電視關掉，梅克爾！

哈維是個可悲又古怪的罪犯。

嗆

局長，不好意思……

你有權利。

很多權利。

有時我會數它們讓自己感到快瘋了。

但現在有塊玻璃刺進你手臂上的大動脈。

現在你即將因失血過多而死。

現在我是世上唯一能及時送你去醫院的人。

蝙蝠俠？對，我想他還不錯啦。他揍的都是壞蛋——肯定都是警察沒處理的壞蛋。希望他接下來去對付同性戀。

他讓我作嘔。我們得用治療方式來對待社會上的迷途羔羊。我們得耐心地重新調整他們的——不好意思？不，我不住在市區裡……

……不敢信你居然把它裝回去了，局長。如果蓋勒格知道……

蓋勒格還沒有掌控本局，梅克爾！咳

但沒有別的方式可以呼喚他嗎？

至少有十幾種。

那為什麼要用呢？

讓他們知道，梅克爾。讓每個人都知道。

啟動它。

顯然是法西斯分子。從來沒聽過公民權。電視果然愛死它了。

他們都很愛他。美國良心和甘迺迪一起死了。

沒錯……

我們的所有遊行——彷彿從來沒發生過。

我知道……我知道……

有時候我感到絕望……

再給我打一劑吧，嗯？

對，梅夫。我相信哈維是無辜的。千真萬確。不過，我不願說我確定他沒有重啟犯罪生涯。

我知道這聽起來很令人困惑。這些東西對門外漢而言經常如此。但我會嘗試用不需太多術語的方式來解釋。是這樣的，一切都跟**蝙蝠俠**有關。

蝙蝠俠的精神病昇華性／精神性慾行為模式像張大網。像哈維這種脆弱的精神官能症患者，會受到相應的間隙行為模式所吸引。

你可以説**蝙蝠俠**犯下了這些罪行……他利用他所謂的**惡棍**作為自戀的代表作……

其他人都放棄你了，老大。

但我知道你會沒事的。你看起來**很棒**……

我敢打賭你有某種**脱逃計畫**。這個嘛，你可以仰賴我。

但是……

……但我有個**問題**。

你知道我喜歡**製作**東西。我只**會**這種事……

……哈維·丹特要給我很多錢，叫我幫他做點**炸彈**。

他今晚就要……除非我答應做……

我還沒説**好**……

哪種炸彈？

我注意到的唯一副作用，是對槍械、刀具和犯罪剋星的強烈排斥感。

跟我猜得一樣——是炸彈。

足以炸毀整棟建築。

顯然需要引爆器。很合理。

我接上訊號了嗎？

點火過程已經開始了。它隨時都會爆炸。

高譚市的人民……我先為蝙蝠俠干擾播出而道歉。**我是哈維·丹特。**

等等——如果這些指數是我想的那樣……

請稍候

有人費了一番工夫偽裝它，但為何要這樣做？是**誰**做的？

請稍候

優秀的設計——比得上小丑。

我站在高譚市美麗的雙子星上，帶著兩顆足以將它們夷為平地的炸彈。你們有二十分鐘可以拯救它們。

我將它凍結住。如果我有時間和正確的——

金額是五百萬美金。我本來想開兩百萬——但我有帳單得繳……

我不太習慣這些數位工具……

——我得禱告。

十秒後，大樓和我都留在原處，計畫成功了。我對另一頭展開行動。

他控制了電視台天線——肯定是打算為數千人的性命勒索贖金，而他不曉得那個計時器，隨時會讓他失去手中的一切。哈維，如果是你——你錯過機會了。

SPOKK
啵

BBLAMMM
砰

KBLAMM BLAMM
BLAMM

砰砰砰

十年來，我從沒這麼冷靜，也沒感到這麼踏實過。

這是不錯的死法……

BLAMM BLAMM BLAMM BLAMM

砰砰砰砰

WHUP WHUP WHUP

——肯定是麥格農子彈。撞擊力道和火車一樣——防彈板撐住了——

——你覺得我為何在胸膛上掛了標靶？我沒辦法把裝甲套在頭上——左臂麻了——

——如果是心臟病，我就完蛋了——

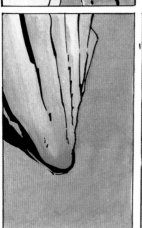

……不錯的死法。但得考慮數千人的性命……

……還有哈維……

BLAM
砰

THUNK
咚

……我得弄清楚。

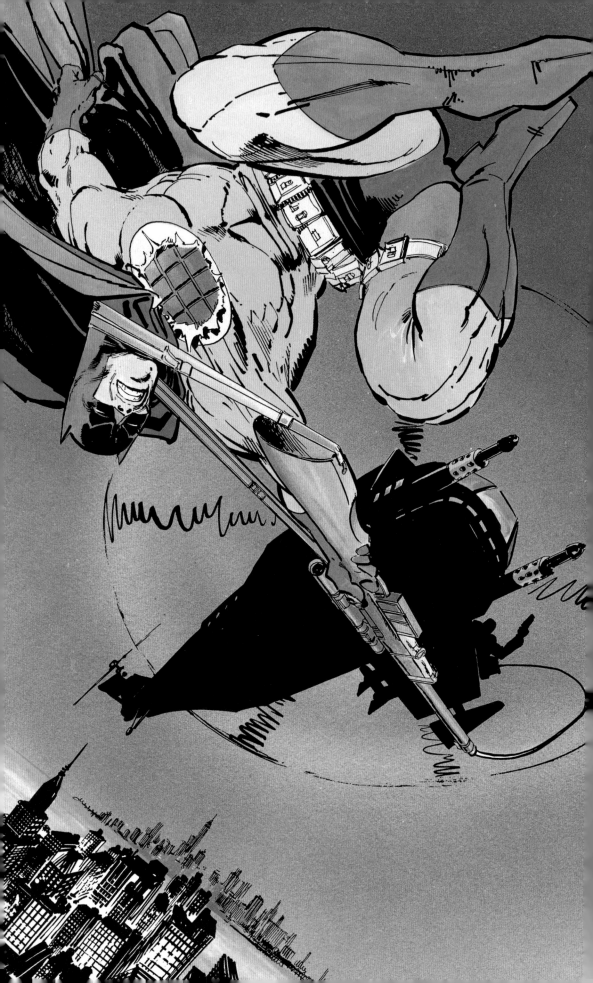

他有你的風格，哈維，
也有你的膽量。

不幸的是，他的自我保護
意識和你差不多……

……對追隨者激發出的忠誠
也少得可憐。

BLAM
BLAM

砰砰

BLAM

碰

從這種高度，將近一分鐘才會落地。不管你聽過什麼流言，
墜落中你有可能一路保持清醒。

這種想法讓我
晚上睡得很熟。

不會剩下多少
屍骨。

大多都是
液體。

問題是……

衝擊力很大。
就連**骨頭**都會
化為粉塵。

……可能
不會剩下
任何**指紋**。

就連**牙醫紀錄**
可能都沒用了。

我說了，
哈維……

……我得
弄清楚。

我們像愛人般
翻滾。

空氣冰冷。

夜晚寂靜
無聲。

世界上少了
四個──

──無足輕重
的人。

犯罪的問題在於，
你知道得越多，
就使你越緊張。

我。當我看那扇門時，就無法
不想起我在那類地方發現的
七十二具屍體……

……他們遭射殺、刺死或
毆打致死，就因為他們太笨，
沒有保持距離。

太笨，或太理性。
在高譚市，
這兩者都一樣。

我經過一家販酒店，瞄向裡頭
鐵漢子臉上的僵硬神情，
他之前曾是個友善的商人。

我想知道他得殺多少人，
才能維持生意。

我看到一台高價名車，在路燈
光線下如同新車般閃亮，它曾
一度是財富與權力的象徵，
現在卻只是這個充滿受害者的
城市中的另一個目標。

有個年輕男孩衝過我身旁，他健康
又全身髒兮兮，外表非常俊美。

你不會想要知道，
他讓我想起什麼……

我暗罵莎拉的嬉皮素食食譜，
和她忘記買豆芽；
不是真的要罵她。

我的雪茄又玩咳嗽的老招，我則
咳出了一口棕色的東西。

我很訝異——當我的頭腦昏沉，
眼冒金星時，
她居然說服我別在自家抽菸。

接著我又抽了一口。

當我年輕時，死亡對我來說
從來沒有真實感……

由於某些理由，我想見布魯斯
——不是談話……我是說，對，
我想敘舊，或許也喝杯酒，
即便他看似已經放棄了。

忽然間，我脖子後的汗毛
豎了起來。

我聽到女孩般的咯咯笑聲，
以及上油過的槍對準我背後
的聲響。

我看到一張殺手的臉，對方
甚至還不夠老到長出鬍子。

我想到**莎拉**。

剩下的事就簡單了。

……**母親協會**今天向市長請願，要求他立刻對**蝙蝠俠**發出逮捕令，並形容對方為高譚市的兒童帶來有害影響。

市長接到的**另一項**請願，來自受害者權利緊急小組，他們要求政府**制裁**這名義俠的行動……

市長今天下午對記者們發言……

仍在**商討**。仍在**商討**中。

高譚市持續發生罪犯遭受暴力攻擊的事件。我們無法確定哪些是**蝙蝠俠**所為——

——哪些則是他激發出的事件。

抱歉——

局長——你剛射死了一個男孩。感覺如何？
局長……？

謝謝妳，赫南多。自從**變種人組織**領袖錄製死亡威脅後，這是三週內高登第三次遭到致命攻擊……

我們會殺了老頭高登。他的女人會為他哭泣。我們會切碎他。我們會打爛他。我們會浸淫在他的鮮血中。

我會親手殺掉蝙蝠俠那蠢蛋。我會從他的骨頭上扯下血肉，再吸乾他的骨髓。我會吃下他的心臟，把他的屍體拖上街頭。

別叫我們幫派。別叫我們罪犯。我們就是法律。我們就是未來。高譚市屬於變種人。我們很快就會奪得世界。

這週將面臨強制退休的高登，自願留任到解決**變種人**危機為止。警方媒體公關部長路易斯‧蓋勒格表示……

吉姆很好心，但我想我們都知道，等他下台，事情就會變得**平穩**了。變種人和他**有私怨**……不，我想該換新血了……

奇怪的是，當局尚未正式宣布「新血」是誰。儘管**約翰‧戴爾**探長似乎是最明顯的選擇，市長也還尚未下定決心……

我還在徵詢意見。
我還在徵詢意見。

剩下僅僅六小時，而問題依然懸而未決——誰會取代**吉姆‧高登**？官方對蝙蝠俠的立場又會變得如何？湯姆？

好問題，蕾拉。**喬伊絲‧雷德利太太**在今天早上倒下後，就被送入州北部的私人醫院，接受精神觀察。

她十個月大的寶寶凱文仍然失蹤，他是雷德利口香糖公司遺產的繼承人。得知相關資訊的觀眾，請打急難熱線……

我相信你。

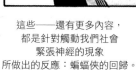

——無情又殘忍的私刑者，
攻擊了我們的民主基礎——
惡毒地對抗使我們成為
世上最高貴國家的原則——
我們也是最好心的……

……老實說，我很訝異外頭
沒有上百個像他一樣的人——
有上千人受夠恐怖行徑了——
加上愚蠢的法律和社會懦弱。
他只是奪回原本屬於
我們的東西……

這些——還有更多內容，
都是針對觸動我們社會
緊張神經的現象
所做出的反應：蝙蝠俠的回歸。

今晚，我們會檢視他對我們
心理的衝擊。
我們邀請來自大都會的
《每日星球報》總編輯
拉娜·朗恩……

……以及來自高譚市的
巴索羅謬·沃普醫生，
他是知名心理學家與
社會科學家，也是暢銷書
《嘿，我沒事》的
作者……

……今晚還有從華盛頓
辦公室與我們連線的——
總統媒體顧問
查克·布里克。

沃普醫生——你宣稱蝙蝠俠
得為他對抗的犯罪負責。
不過，自從他回歸以來，
數週來的犯罪率已經顯著下降。
你要如何解釋這點？

我很高興你問我這個
問題，泰德。這個蝙蝠俠
確實嚇壞了遭受經濟弱勢與
社會歧視的族群——
但他毫無正面效益可言。

把大眾心理想像成一張龐大
潮濕的黏膜——透過媒體，
蝙蝠俠對這張黏膜揮出了
惡狠狠的一擊，使它縮了起來。
因此才有你讓我誤會的數據。

但聽著，泰德，這張黏膜有彈性
——也有滲透性。
那一擊最顯著的效果，
變得可供計算，甚至還能
預測它的效果。對——

可以將每種反社會行為追溯到**不負責任的媒體訊息**。有鑑於此，媒體中這股如此異常又暴力的力量，就只會引發反社會**機制**。

當哈維·丹特——他正在穩定康復中，多謝你們問起他；當他成為蝙蝠俠的**意識形態分身**後，整個困惑而憤怒的**世代**——

——就會受到蝙蝠俠病態自我幻覺的架構所控制。在這種層面上，蝙蝠俠是——請原諒我的措辭，他是種社會**疾病**——

那是我聽過最蠢的——

拉娜——拜託，有電視台——

幹得不錯。

布里克先生——總統到目前都對此事保持緘默。你——和他不覺得，需要對全國為蝙蝠俠逮捕令或反制行動掀起的**呼聲**表態嗎？

天呀，泰德。他遲早得開**記者會**。但總統得關注**大局**，你懂嗎？這個蝙蝠俠怪人，唉呀……

……確實很誇張。大披風和尖耳朵——**表演**得很不錯。總統也很懂**表演**。別緊張，泰德……

……這傢伙的**收視率**很快就會降低，一切就會**結束**了。再說，我想這整件事應該是**騙局**。電視台幹過更糟的**伎倆**。

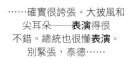

我是說，蝙蝠小子現在也該**六十歲**了——如果他是真人的話啦。有趣的是，從來沒人拍到他的照片過……我說呀，真的很奇怪……

朗恩小姐，妳是蝙蝠俠最**明確**的支持者。妳怎麼能容忍明顯的**非法行為**呢？**程序正義**呢？**公民權利**呢？

我們活在犯罪的陰影中，泰德，在心中也認知到我們是受害者——受到恐懼、暴力和社會無力感的打壓。

有個人挺身讓我們見證了真正的力量，讓我們得知力量一直都在我們手中。我們正遭受攻擊——他則讓我們看到，我們能夠抵抗。

瑪格麗特·柯科蘭想，都怪火車。當我還在當服務生時，腿從沒這麼痛過。

火車——
它不讓痛楚照舊待在我的小腿肚裡。

醫生說，這是**靜脈曲張**。要她辭職，**他**說得可簡單了。他談起**手術**也很輕鬆。

手術。沒有保險，傑米的牙套還有兩期款項要付，電力公司發停電通知而且冬天都快要來了。

她感受到皮包裡的金屬塊，並露出微笑。

幾乎沒人給小費了。但今晚有個上城區的醉漢，在桌上擺了十美金。不能亂花，該拿去繳電費。

但小羅伯特的美術老師說他有天分……

她想像羅伯特的厲害小手，和他渴望的微笑……

她的皮包背帶緊緊咬入她的肩膀……

……當藍十字取消瑪格麗特·柯科蘭的醫療保險，或當花旗銀行收回她的車時，她都沒有求情……

……現在她卻淒厲地為價值十美金的繪畫工具組求情。

當火車轟然停下時，她感到自己的皮包撞上她的腹部。她聽到他們大笑出聲……

她重重摔在水泥地，但感覺只是痛而已。

她感覺到金屬塊，並感謝老天，不禁哭了起來。

接著她感覺到皮包裡有某種又重又圓的東西，像顆蘋果……

有位女子在地鐵站爆炸——
片段攝於十一點。

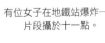

將軍的生涯紀錄聽起來
像首**國歌**，在裡頭
震耳欲聾的炮火中，有人
吼出**命令**……令人放心的
剛毅嗓音比傷兵哀號
還高亢……

……這首**國歌**的最後
幾個不和諧音符
變得混亂──
私自販賣**武器**……
給變種人。

我幾乎要問他
原因……

——從老大那傳來的。上車！

我們在犯罪耶，老兄——我們拖到進度了——沒時間聽演講——

不是**一般**的演講，老兄。是**戰前**演説。一小時內得去垃圾場。

好啦，好啦——

SCREECH

有消息了，老兄——

垃圾場。

我討厭垃圾場。

但他們是**變種幫**——聽起來也很危險。

所以他可能會在那……

當我發現卡車時，十二號大門的守衛正在打盹。它們甚至沒上鎖。

你可以用這些火力推翻小型**政府**了。

……雷德利一家快樂地重逢。現在有另一則悲傷的新聞——四星將軍**奈森・布里格斯**去世，死因顯然為自殺。親人説布里格斯遭受憂鬱症纏身……

……他的**保險**公司拒絕贊助或許能拯救他瀕死妻子的罕見疾病療程她罹患了霍奇金氏症。以下是別的新聞……

如果他們要的是**戰爭**——我就有對策了……

……警方媒體主管路易斯・蓋勒格承諾會盡速回答**所有人**都關心的問題——誰會擔任高譚市的新**警察局長**……

情勢升溫，市長先生……

主管
蒸氣室

我看得出來。你沒發現我看得出來嗎？

真希望我們可以舉辦選舉……

局長不行，市長先生。已經不行了。不，這由你任命……這也是艱困的決定。高登很受歡迎……

我知道。你不覺得我知道嗎？我想了**很久**。我覺得戴爾不錯。他可以調度——還是**黑人**。

黑人已經落伍了，市長先生。再說，戴爾對蝙蝠俠問題持中立意見。你也清楚，你自己的中立性已經帶來莫大代價了……

我不中立？誰說的？我不中立？我只是覺得矛盾。

我覺得這是你的大**機會**，市長先生——來展現你是怎麼樣的領袖。對蝙蝠俠做出大膽決定……

決定你以為經營城市只要做決定就好嗎？

這個嘛，好吧，蓋勒格——我會做出決定。我會讓他們看看，誰才是老大。我以私人權力————授命你為我找出警局局長。

我已經找到了，長官。

布魯斯少爺？

還會有誰，阿福？

當然了，先生。只是訊號來自——

沒錯，阿福。我帶她出去兜風。

我啟動**引擎**。她宛如**昨日**般地回應。

確實是昨天……

我很興奮——不，非常欣喜。你們看不出我很**欣喜**嗎？我要向你們介紹下一位**高譚市警察局長**……

……艾倫·殷戴中隊長。

她是史上**最年輕**的人選——當然了，還是第一個**女性**局長。艾倫·殷戴在芝加哥曾有**驚人**的逮捕人數紀錄。她迅速對蝙蝠俠議題做出回應……

我很訝異**居然**會有爭議。他的行為當然是**犯罪**。我會讓他接受審判。不好意思？

……對。我會解釋清楚。我身為**警察局長**的第一項命令，就是對蝙蝠俠發出**逮捕令**，並以攻擊罪、非法入侵罪和公共危險罪起訴他……

她的年紀不到前任**局長**的一半，艾倫·殷戴——

女人。老天爺……

你有說什麼嗎，吉姆？

……沒事，親愛的……

十五年前，我在某些惡劣的
暴動時**改造**過她。
唯一能切穿她外殼的東西，
並不屬於這個**星球**。

變種人使用**手榴彈**。他們用上
火箭發射器。有東西從外殼彈開，
一定是**火箭炮**射出的東西。

他們對彼此造成了
大量傷害。

……救你
一命……

真好運……我總是
在你身旁……

……迪克……

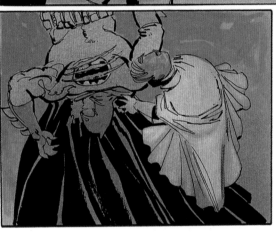

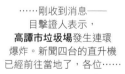

還活著——

色情女星**溫泉關**今天和
地標影業簽署了一千兩百萬
美金的合約，要出演
《白雪公主》的電影版。
「我是為了孩子們拍的。」
關說……

至於別的消息，銀河電視台
總裁吉米‧奧爾森向
觀眾保證，已進行第四年的
電視編劇罷工，將不會影響
今年的節目……

……**政治表現委員會**為
總統頒發前所未見的
可信度五星獎，以獎勵
他在經濟危機時處理
大眾感受得當……

……剛收到消息——
目擊證人表示，
高譚市垃圾場發生連環
爆炸。新聞四台的直升機
已經前往當地了，各位……

小心點。
小心。
好女孩。

趕快
回家……

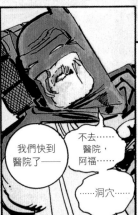

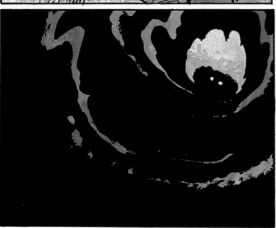
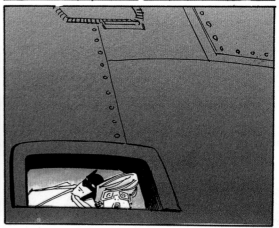

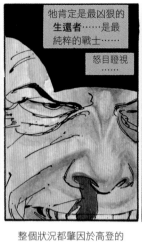

帶著**古老的**
優雅姿態
滑翔……

眼睛**閃爍**，不受到愛、
喜悅或悲傷影響……

灼熱的呼吸中，帶有戰敗
敵人的味道……
邪惡死屍的氣味……

牠肯定是最凶狠的
生還者……是最
純粹的戰士……

怒目瞪視
……

……將我
占為己有。

我們會去找我們的領袖。
我們會**焚毀**高譚市。
我們會**掠奪**高譚市。
我們會嘗到高譚市的**鮮血**。

聽到變種人這項訊息後，
高登局長便與手下進入
二十四小時警戒──
市長則迅速發言……

整個狀況都肇因於高登的
無能──以及**蝙蝠俠**的
恐怖行動。我要與變種人
領袖對談……以便討論
和解事宜……

妳覺得如何，翠許？
市長瘋了嗎？

一點都不，比爾。老實說，
我覺得市長的可信度
要大幅增長了，
特別是他談判**成功**的話。

有了這點，加上他對**蝙蝠俠**
的強硬立場──還讓女性
當下一任局長──哎呀，
我想我們得到全新的
市長了──

──以大眾認知
而言啦。

有胸部，
還有腦袋。

阿諾‧克林普把玩著口袋中的冰冷金屬物體，並盯著電影院天篷瞧，沒有嘔吐。

他想到齊柏林飛船，以及他們企圖殺他的事。

直到唐神父昨晚在電視上解釋前，他沒聽過齊柏林飛船。

唐神父說齊柏林飛船在歌曲《天堂階梯》中，隱藏了對**撒旦**的禱詞。

他們藏得很好。他們把歌詞倒著錄下。

在今天下午他們開除他前，阿諾‧克林普從自己工作的唱片行拿走那張專輯，再把《天堂階梯》轉錄到錄音帶上。

他把錄音帶倒著播放。

他連播了四十七次，直到他完全確定唐神父沒說錯。

但把自己妝化得像妓女的年輕女孩不相信他。他仔細向她解釋。她說了難聽的話。

那是今天下午在店裡發生的事。他仔細向她解釋。她說了難聽的話。

他大發雷霆，把唱片折成大小相同的四塊碎片。

把自己妝化得像妓女的年輕女孩尖叫說要找經理，經理則從後頭的房間走出來，連聽都不聽就開除了阿諾‧克林普。

那是今天下午在店裡發生的事。

每天早晚，他都會走過六個街區，以便避開這塊地區，而**今晚當然除外**。

情況比他想得糟。

一排排的女人豔照和**說不完的話**。他停在這一排，**現在他待的這一排**，並看了沒讓他嘔吐的片名。

片名是《我親愛的撒旦》，這就是阿諾‧克林普倒著聽《天堂階梯》，很確定自己聽到的字眼。

螢幕上有個**修女**，修女**正在做事**，而且她把自己畫得像妓女——

有三人在靈感出自**蝙蝠俠**的色情電影院中遭到殺害。詳盡的細節之後……

鐵男瓦斯奎嘗不出他的**士力架**巧克力棒的味道。

他知道自己應該離開這裡，出門回家，等畢格斯送六十塊美金過來。他心想，一條腿三十塊，而他什麼也感覺不到。

他撥開腦內的混沌，想起自己最後一次有感覺的時候。

那是在他最後一場格鬥中第一與唯一一個回合時發生的事。當時**戰士隊長**揍了他的鼻子。

什麼也感覺不到，也嘗不出士力架巧克力棒的味道。

斷鼻瓦斯奎茲，混蛋們都這麼叫他。當鐵男像個**寶寶**般大哭，懇求讓他再打一場時，畢格斯只是**大笑**。

接著畢格斯把他的肥手臂繞過鐵男的肩膀，告訴他現在唯一的賺錢方式。

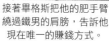

忽然間，他的雙眼感到刺痛，鐵男的全身也感到痛楚，並發現自己正讀到某個人的事。

這個人打扮成怪物，並將一切撥亂反正。

下一次鐵男瓦茲奎茲產生感覺時，他正站在一間餐廳裡，臉上戴著某種東西，手裡還拿著槍。他聽到卡車逆火的聲響——

殺人未遂的瘋狂人士打扮成**蝙蝠俠**——接下來……

身為虔誠的天主教徒，佩皮·史潘德克不承認自己**認同**蝙蝠俠。

當他聽到街上傳來女人**尖叫**時，他知道自己該感到害怕。

但他反而望著自己花了兩個月的獲利所安裝的警報系統，以及讓他漂亮的店舖看起來像監獄的鐵欄……

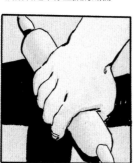

他能感覺到自己耳下的脈搏。他知道自己瘋了。但搶匪害怕地逃走了。他害怕佩皮。

這樁事件中沒人受傷，因此沒上新聞。

……最新消息──市長此時正與變種人領袖進行**協商**，對方同意與他**獨自**見面。在此同時，市長的領導指數正**快速成長**──不好意思……

我以為他們會**尖叫**和**互毆**。但他們像戰俘軍隊般站著。我覺得他們**瘋了**──但我待在這裡，和市長一起去見他們的**領袖**──

──**場面**看起來像軍事會議。

牢房門口**打了開來**。空氣變得**濃厚**。我感到市長和我一起**顫抖**起來。

我又問他一次，他是否確定自己想獨自進去。他清清喉嚨，並點了頭。

我不曉得自己會不會稱這是勇氣。

我聽到緊張的**咯咯笑聲**和動物般的**低吼**。我聽到手銬的鐵鍊**裂開**。

我看到一幕到死都會記得的光景。

某個白痴阻止我做出**該做的事**。

……市長死了。

變種人領袖用牙齒撕裂他的喉嚨。變種人已回到他的牢房。請靜待更多消息。

沒錯——我們取得了**市長謀殺案**的**警方錄影帶**！只在第二台獨家播放！**適應不良者**請勿觀看。敬請期待。

蘇聯驅逐艦出現在科托馬提斯外海……而**高譚市**似乎也即將開戰——整座城市正**準備好**面對變種人**攻擊**……

看看是誰來了，老兄——那是——

看起來真美味——嘿——那是我想的人嗎——是耶——

嘿，甜心——我們對妳有計畫——

好計畫。

性冷感的婊子——

我們會治好她……

充滿恐懼的**寂靜**籠罩高譚市。只有代理市長的緊急通知打破了這股寂靜——不好意思——是**市長史蒂文生**……

如果有任何**變種人組織**的成員在聽，拜託——拜託——我們依然願意協商……

你經歷了很多事，布魯斯少爺。也許這影響你的判斷力了。

你想說什麼，阿福？

是那女孩，少爺。嘉莉。她很完美。

她很年輕。她很聰明。她很勇敢。

有了她，我或許就能終止這場變種人麻煩。

聽著，重點是他們的領袖。他們崇拜他……

她是個可愛的小朋友。

她不只如此。好吧，少爺。我要明說了。

你忘了傑森發生什麼事嗎？

我永遠不會忘記傑森。他是個好士兵。他給了我榮耀。

但戰爭還沒結束。

……拜託……

就算他媽懷孕，我也不管！

JAMES W. GORDON COMMISSIONER OF POLICE

他得準時來——不然我就收回他的警徽！

SLAM

JAMES W. GORDON

——局長，我來報到。

妳是不是早幾天來啦——

——殷戴警官？

我隨時待命，長官。

……恐怕我們已經做足準備了，警官。這場遊戲玩得是等待。

如果妳想在這等的話——請坐。

妳的訓練明天開始。

得花上好幾週，妳才能準備好直接接觸敵人。

我詳細講過今晚的計畫了。

做出任何更動——冒任何不必要的風險——妳就得走人。

局長——我從小時候就很仰慕你。

考量到妳拿到這職位的方式，我很難相信這點，殷戴。

對，蓋勒格。我不喜歡他。

他很愛妳。

我對他的判斷感到訝異。我看過妳的履歷了。

看吧，唐。蝙蝠俠呀——他可卑鄙了。

希望羅伯別再說卑鄙了。

卑鄙。

嘘！

我的名字是 AME

羅伯

我的名字是 AME

羅伯

他很快——比我更快。也更**強壯**——

——似乎完全**無視於痛苦**。

但這都不會讓他變聰明。

——深陷泥濘中時，**沒人能**變快。

——往他**眼睛上方**揮出正確的手刀。

我等他嘗試**踢出一腳**——

會讓他流血那種。

我犯的錯，就是想和他以**蠻力搏鬥**。

像個**年輕人般**打鬥。

鮮血如預料中流入他的**眼睛**。

我抓起一把泥巴。

SPLOOT 啪

老大動彈不得了！

老大要發狂了，傻蛋。老大會痛宰蝙蝠俠。等著瞧。

嘘！

他盲目地發動**攻擊**——

——對他三角肌中的神經叢快速揮出一擊。這不會傷到他——

——但世上沒有東西能幫他移動左臂了。

他的右臂——

——很快

——很快

他完了！他完了！

我的老蝙蝠才不瞎搞。

等著瞧。

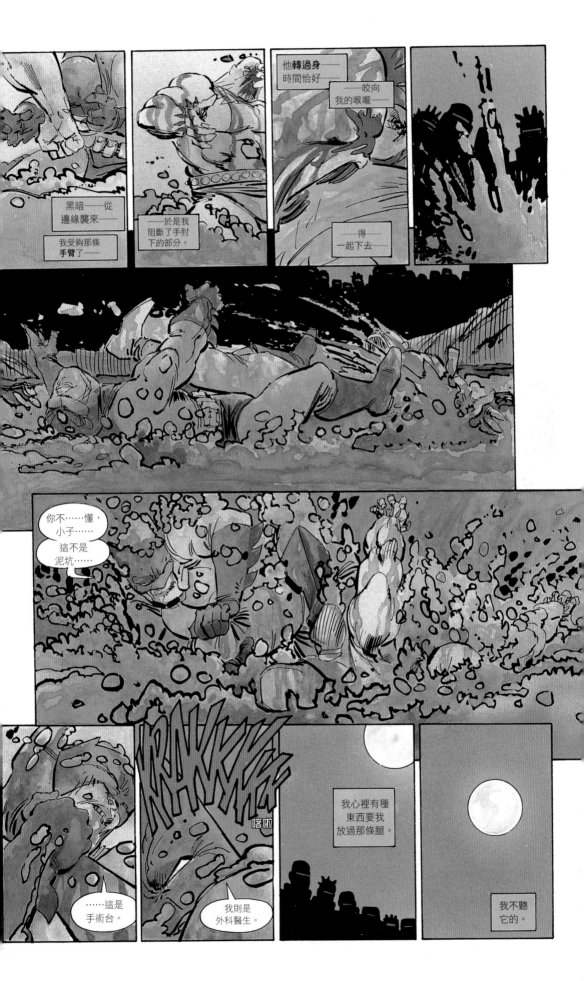

變種幫已死。變種幫已經是過去了。這是**未來**的標記。高譚市屬於蝙蝠俠。

正如我所料——蝙蝠俠腐蝕了高譚市的年輕人——用狡猾的藉口隱藏最暴力的反社會行為，藉此毒害了他們。

我們談的不是讓變種人領袖離開。等到他恢復行動能力，他就會受到傳訊——以便看他是否能受審，或被視為精神病患者。

蝙蝠俠？我懶得聽他的事了。他不想讓一切**阻止**自己，或讓事情照我們**人類**做事的方式發展。我們也很**重要**。

儘管受到罪惡與**恐懼**環繞，我們絕不能感到憤恨，也不能採用撒旦的手段。

別等待任何宣告。**蝙蝠俠之子**不會**開口**。我們會**行動**。高譚市的罪犯當心點。他們準備下地獄了。

所以與其攻擊無辜人民，有群瘋子反而開始攻擊罪犯。你要為這點責怪蝙蝠俠？

總統很關切，你可以確信這點，老兄。但別認為他會干涉高譚市的優秀市長和州長。不，先生。這可是**美國**呀。

我**不予置評**。

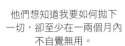

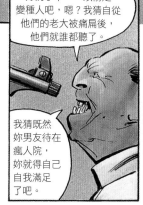

*譯注：高譚當地的便利商店。

湯姆，桑弗洛・史丹迪許已經營了他的書報攤十五年。他從來沒看過今晚擊中第七大道的東西。是這樣嗎，史丹迪許先生？

我沒哈草。我是說，不——我**沒看到**。我的**雜誌**和**報紙**——我親眼看到這些東西被吹得七零八落。但我沒看到那東西。它太快了——比任何東西都快。

比飛行的子彈*還——

注意用詞，蘿拉。

一定是逃進那扇門了！

NHAH! 哈！

BRAKK 砰

如果妳**幸運**的話，布魯諾——

——今晚就會進牢裡去。

但首先，妳得把妳老大的計畫告訴我。

關於他上電視的計畫。

YAAAAAAAAAAA 啊啊啊

KKKKREEEAKKKKK 喀啦

鏘郎

別走**樓梯**。它們**不安全**。

*譯注：比子彈飛行還快是超人的宣傳語。

我完全不打算——
給她時間——

CHKCHAKK 喀嚓

——來瞄準——

這——死法
很蠢……

BRAPP
砰

沒打中。

幸運——
幸運的
老頭……

發生了另一椿怪事——
這次發生在南街地鐵站。
廣告代理商
拜倫·布雷斯波斯
告訴記者……

我沒做錯事。我只想保護
自己。地鐵很危險。
你不需要讓我告訴你這點。
當時車站除了我，只有這個
「乞丐」以外——我要讓
媒體引述這個詞——

——什麼？我怎麼曉得他
沒有槍？沒人會在準備好前
亮槍——什麼？喔，好吧。
那些拐杖。很多人都會用
拐杖。你懂我的意思。

嘿——是他先開始的。也是
他的枴杖害他絆倒，寶貝——
什麼？他當然大叫了。要我
跳下去和他一起死。我當然
逃了。誰不會逃啊？接著有某種
東西用力撞上我的胸膛——

——我還沒去看**醫生**，但我確定當我摔在軌道上時，就弄出了椎間盤突出……不，我看不見。啥都沒看到。那股風颳起了太多塵埃。我聽了一下那個像白痴一樣祈禱的**乞丐**……

……對，我有**信仰**。但我只會乖乖去上教堂。接著我聽到扭曲金屬的**尖鳴**——還有火車裡的**叫喊**，人們全在發牢騷。塵埃終於落下來了……

……它就在那——我指的是火車——前端往內凹，像是撞到某種東西……嗯，某種東西……

比火車頭更有力的東西*。對吧，湯姆？

蘿拉——我們不想讓聯邦通訊委員會來找麻煩……

態度**放軟**了——她很快就會開始**講話**

——那是什麼**聲音**——

地面

在搖晃

單行道

——不是地震。別慌張。無論是什麼，都來自本地——正並穿過高譚市南區……

NEWS4

BBBBBBLLLLLLLLLLLLLLFMPP

不——
不

POOM 砰

HAH! 哈！

——不要
是他——

——不要
現在——

空間變熱了——
金屬爆炸——

BRAPP 砰砰砰

SPKAM-PKAM-SPKAM-PKAM-SPKAM

我逮到
你了——

SSSSSSSSSSKREFEEE 喀滋
嘶

布魯斯——
我們得談談。

我今晚很忙，你害我
浪費了好幾小時。

明天早上。到我家。
在那之前，別來
礙事。

某個東西撲向天空。

輕輕一跳躍過高樓*。

……蘇聯代表氣急敗壞地離開大廳。我們重述這項最新消息──美國／蘇聯就科托馬提斯危機的談判破裂了。

蘇聯將美軍對蒙塔班將軍的支持，視為「法西斯侵略行為」。蘇聯承諾會「全面投入軍力」。新聞六台為您帶來獨家報導。

……一名毒販與一名毒蟲的屍體在西區公寓中被人發現遭到劈砍成碎片。已解散的變種人幫派對高譚市的地下世界發出了威脅。

變種人已死。變種人已經是過去了。這是**未來**的標記。高譚市屬於**蝙蝠俠**。

別等待任何宣告。**蝙蝠俠之子**不會開口。我們會**行動**。高譚市的罪犯當心點。他們準備下地獄了。

我們今晚的主題，就是蝙蝠俠在這件暴行上的責任。我們的來賓包括世界級專家巴索羅謬·沃普醫生──他鑽研蝙蝠俠對社會學衝擊所帶來的影響。

蝙蝠俠對社會造成威脅。

我知道這是過時的用語。從我口中說出，聽起來當然很怪，不過，這的確是事實。儘管我警告本市遲早會發生這種後果──

──卻**沒人**阻止這場心理感染問題。蝙蝠俠得對遭到這批幫派殺害的每個人負起個人責任。

我的**指令**很**明確**──注意點

好，但是……

注：超人宣傳語。

——不過，布魯諾還是**看到**妳了。我不會容忍妳**違抗命令**——

——小心點——。

……但剛剛在那裡——那是他嗎？

……當擔任高譚市警察局長二十六年的男人踏上講台時，大廳一片沉默……

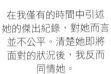

這懷表不錯。

……詹姆斯·高登讓群眾發出輕笑……

各位先生小姐……我很榮幸能為你們介紹新任**警察局長**。我不羨慕她接下來幾年的生涯。這項工作沒有多少回報。

你只能希望，當你離開時，狀況不會像沒有你時一樣糟。艾倫·殷戴完全適合這項工作……

在我僅有的時間中引述她的傑出紀錄，對她而言並不公平。清楚她即將面對的狀況後，我反而同情她。

如果妳再**抗命**一次

——我就**開除**妳。

她面對的這座城市，充滿**盜賊**與**殺人犯**，以及太過畏懼而不敢抱持**希望**的老實人。在未來的每個小時，她都會面對生死交關的決定。有人會凌虐她。

我們要去哪裡？

去找我僅剩的線索，羅賓。那是個叫**亞伯納**的人。

我要送**羅賓**
回家。

我會盡力幫助
急救團隊。

我會細數
每個**死者**。

我會把他們
加到名單
上，小丑。

我害死的
所有人
名單——

——因為
我讓你
活著。

睡
不著。

該睡覺的。

明天得保持
精神良好。

明天我就
自由了。

明晚有不少娛樂大戲：
魯絲·懷森海默博士，
濕漢堡麵包大賽，還有曾為
世界帶來許多微笑的
某個男人。上床去吧。

——但我
就是睡不著。

……有**十二人**在一場神祕
爆炸案中喪生，爆炸夷平了
一棟灣脊區公寓建築……
救援團隊在現場目擊
蝙蝠俠……

……對蝙蝠俠發出逮捕令後，
股戴局長便對媒體委員會
提出正式抗議，
反對讓小丑登上
大衛·安多奇林秀……

委員會否決了她的抗議……
有人在東區巷弄中發現
慣犯**赫克托·孟德茲**
的遺體。他的皮膚
遭到活剝……

……美國人質工會
宣布罷工，以回應他們
的成員近日在利比亞事件中
遭到的對待……

早安
高譚！

早安
高譚！

早安
高譚！

早安
高譚！

……儘管蘇聯在**科托馬提斯**周遭海域集結**大批**軍力，總統仍保證美國不會率先**布署核子武器**……

早安高譚！

周遭只有太陽、天空和他，彷彿他就是唯一的存在理由。

接著他開口，破壞了一切。

你不再是年輕人了，布魯斯……

如果你學會放慢速度……找到你的位置……

……但時代**改變**了，而你

嗯，這不健康。你消耗太多體力了。

我知道，我知道，你看起來比這幾年來更好。但是……

你一定要逼我直說，對吧？

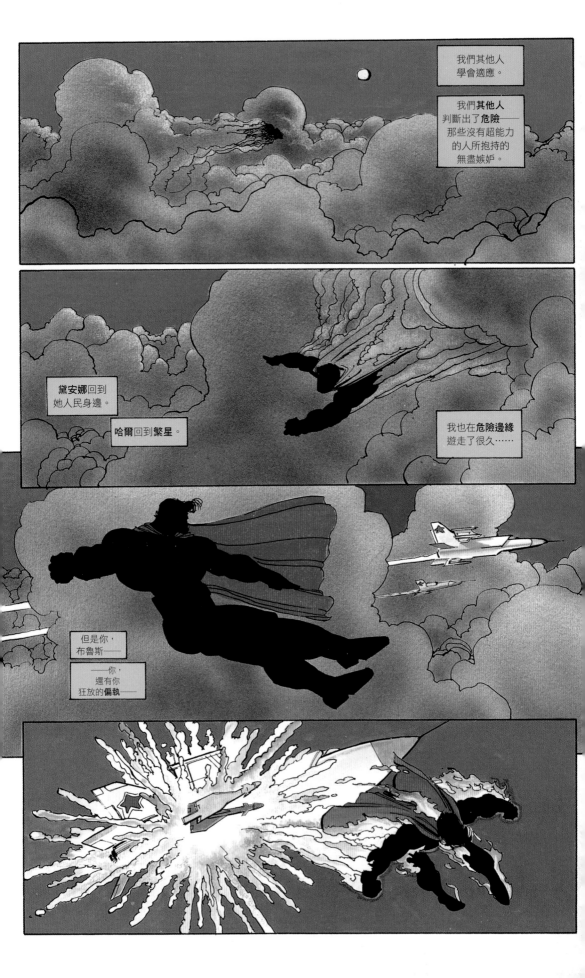

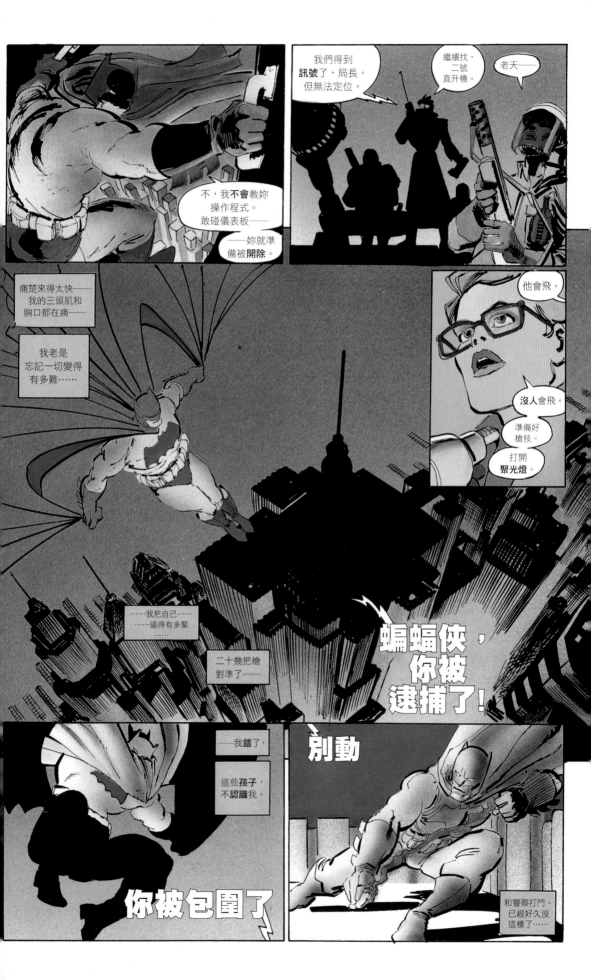

儘管昨天在聖彼得廣場發生的燃燒彈事件，但教宗今天宣布，教會對避孕的立場不會改變......播放本地新聞......

我的腦袋暈頭轉向，煙味也黏在我嘴裡，在我喉嚨底部留下一塊赤紅色的痕跡。我五年前就戒菸......

科托馬提斯

局長......惠塔克吐了。

他只是個菜鳥......

讓他回家，梅克爾。跟他説沒關係。

......兩百〇六人在小丑從大衛・安多奇林秀中脱逃時遭到殺害，包括主持人安多奇林與巴索羅謬・沃普醫生。

據説小丑對群眾使用他致命的微笑毒氣。殷戴局長拒絕對此或蝙蝠俠的逃脱發表意見，脱逃過程有十二名警官送醫......

凱爾

應召

服務公司

你不該回來的，布魯斯。

歡迎使用

美國運通卡

他們改變了。你不曉得他們變了多少。

他們會殺了你......

瑟琳娜——

噢，天啊。

我需要妳幫忙。

這很重要。

KLIK CHAK 喀嚓

你給我滾

這些年我過得很辛苦，瑟琳娜......

嗯

嗯

啊，瑟琳娜——妳該感激我換了口紅。妳感激吧？

對......

現在呢......妳手下的女孩愛爾希今晚陪了個國會議員。在他的旅館碰面。

妳何不叫愛爾希進來呢？

我們是
混蛋，
讓我們……

不……

他摔下去了，蘿拉。
他摔成肉醬了。殷戴局長
就在現場——
來看看我們能不能
請她說幾句話……

局長——
妳覺得
小丑——

趕走這
蠢蛋。

蓋勒格會知道這件事的！

我是第六分局的
歐哈洛藍，女士。
這裡有什麼狀況？

這不是自殺，
警官。

和他待在一起的女孩是從
凱爾應召公司來的。
她遭到下藥。把那家店
關了——逮捕
瑟琳娜·凱爾。

是的，女士。
謝謝妳，女士。

局長……

……第六分局的
歐哈洛藍，女士。
我可以——
怎麼了，局長？

攔住
那個人！

什……

冰冷的浪花
拍打
高譚港口……

……就如同
它是
永恆的……

……她沒
發出
聲音……

好士兵。
好士兵。

停火。他帶的是
小孩嗎？

一定是
神奇小子。

打給英格索，
梅克爾。要他把
危害兒童
加進──

局長──
我是
蝙蝠俠。

州長的性命
有危險。
我沒有時間
救他。就交
給妳了。

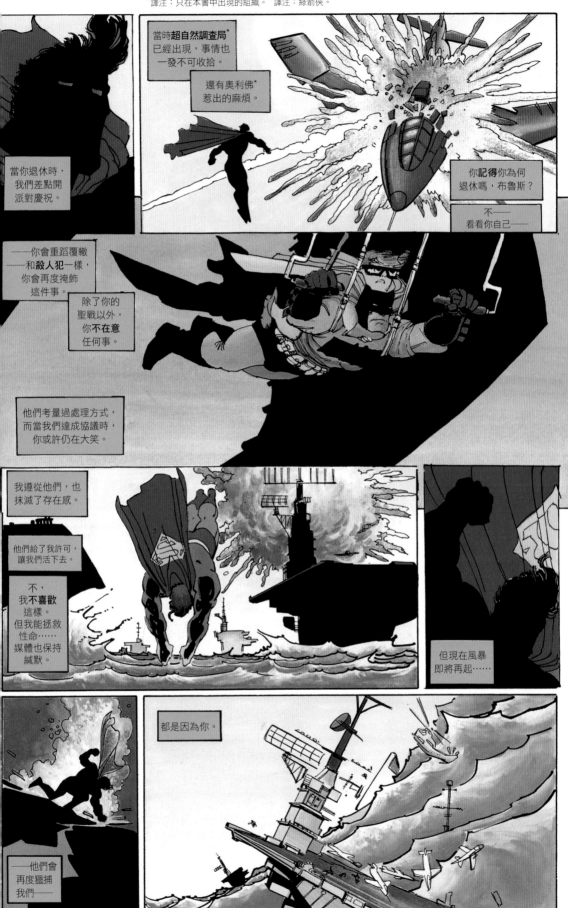

……科托馬提斯的通訊持續中斷，怪異的天候干擾也持續出現。時速上百哩的強風衝擊聖孕港，該地位於科托馬提斯以南六十哩……

他們可以用**直升機**載我，把我載到空中，再把屍體從地上連到**空中**，再倒吊起來，組成漂亮的幾何圖形，像是無盡的舞者**行列***——

——而且永遠不夠。

不，我不計算數量。但你會。

我就愛你這點。

……五角大廈部長**路修斯·洛克希德**確認戰略空軍司令部目前處於三級戒備狀態——**隨時**可能展開**布署**。「我們已做足準備。」洛克希德說……

……變種人幫派前任成員試圖在高譚水庫下毒時遭到逮捕。他們將皮膚塗成粉白色，也將頭髮染成綠色……

有個**女人**在某處呼喚她的兒子……

有台蒸汽風琴在某處一再演奏同樣的曲調……

……有隻小手抓緊我的手臂……

……有個**十三歲**的女孩迅速倒抽了口氣，忽然間，她失去了純真……

……一切在今晚結束，小丑。

拉娜，你讓我感到訝異。有十五名警察送醫——還有數百名死者——但妳依然緊咬著**英雄崇拜**心態？現在究竟有誰能把實際上的殺人犯當成英雄……

蝙蝠俠還沒殺任何人，莫利。

*譯注：原文為瓊泰勒舞者。

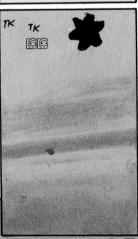

……事情發生得……
好慢……

……發生在
五秒內……

……刀刃很尖
……

……我幾乎
沒感到它刺進
我腹部……

……他在講話……
我聽不見……

有東西在
大吼……我
聽不見……

……只能拿
他的
脖子下手……

……他在動……
比我更快……

……刺中……

SHKK 咔

THNK 慄慄

SHKK 喀啦 KRAKK

吼聲震耳欲聾……
……我聽到說話聲……

——鄉村市集發生大亂，
蘿拉！有人目擊小丑——
十六名男童軍死亡——
數十人因爆炸而負傷——

——也有人看到蝙蝠俠——
他和小丑在人群中交火——嘿
——什麼——蘿拉——
他們要撤離鄉村市集的人——

……聲音在
叫我
殺人兇手……

……我真希望
我殺了他……

他們走了
……？

……我是說，
目擊證人……

我真的……對你很失望，
親愛的……這一刻
很完美……而你
卻沒膽……

癱瘓……
搞這招……

FM / LV

靠近點——再靠近點——
蘿拉——妳看得到嗎？
新聞二台在直升機上轉播
——是羅賓
神奇小子！

他很年輕——不可能
超過十三歲——
他搭乘著雲霄飛車——
他在等——他

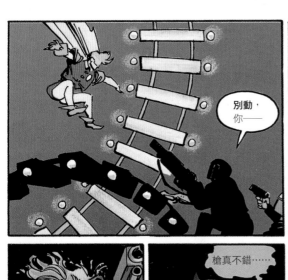

別動，
你——

其中一人機警地
跳開……

——你這
狗娘養的……
別動——

WHDD
咚

槍真不錯……

CHK
CHAK
咯嚓

停……
……別再
笑了……

我們要進攻了，各位
——沒時間**浪費**——

如果看到的
不是警察——
就開火。

轟掉那個混蛋
的頭——

——發誓我會轟掉
他該死的**頭**——

特戰部隊
……

他們穿著
裝甲……我不必
……自制
……

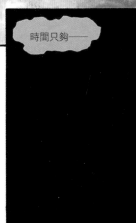

時間只夠——

不能……昏倒……

好……
沒把槍
弄濕……

我需要它……前提
是我能把手指塞進
扳機護弓……

這東西……
能讓老頭
保持清醒
……

……還
辦得到……

……能炸毀
一切……

……小丑的遺體遭到破壞與焚燒……**蝙蝠俠**還多了一條**謀殺罪**……

布魯斯。一切都**結束了**。

你看起來**很累**肯特。

嗯，你該好好**睡上一覺**。

如果你問我，我覺得那是優秀的維安行動……

我沒有……

隨你怎麼說。隨你怎麼叫他。你不會想在晚上走上D大道。

你不需要聽那些人在你經過時發出的吸吮聲。這傢伙累積了好幾個月的膽量，才終於變得色膽包天……

……不，他不算好色。他只是想傷害人，還是想傷害**女人**的那類人。我真希望他們很**罕見**。他給了自己一個藉口……

他像發情一樣咯咯笑！我想他真的想追我。我伸手拿防狼噴霧。

當那怪胎掏出他的**傢伙**時，就傳來一聲尖叫。

那股尖叫根本來自地獄……

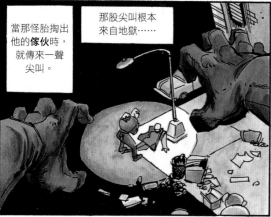

……尖叫變成**吼聲**——和**翅膀**拍打聲——**巨大的**翅膀——

——**怪胎**身上傳出**失禁**的聲音——

兩千萬人
會遭受
烈火吞噬……

……如果我
太弱的話……

我可以坐在家裡讀書……對，
我們有些人還會看書——
要不是因為莎拉和她老是得
從雜貨店買的另一個東西。

這次是豆子。素食豆。
我花了十分鐘才發現
它不在健康食物區。就只是
沒加肉的豆子。

浪費了我十分鐘。

我需要
雪茄。

二十三天**沒抽**了。
誰都該為此驕傲。

只要一根雪茄，
世上就沒煩惱了……

什麼——

她説什麼——

噢天啊，
不……

安靜——
我聽不見——

也許
在維安行動之間的暫停期，
你其中一個軍方朋友
告訴你過**電磁脈衝**是什麼。
也許你也聽過了，克拉克。

你只需要系統性地引爆
好幾顆核子彈頭，就能
產生脈衝。

或者，是雙方都試圖
研發的特殊核彈⋯⋯

親愛的，
最後的讀數暗示出可能
發生的狀況。

當電腦失效時，我就確定了。

失效時，我就確定了。
沒必要向組員解釋。
我們都死定了──
和這艘太空梭一樣
必死無疑。
妳永遠讀不到

妳永遠讀不到這封信。
當我們的軌道失控時，
它就會和我一起遭到焚毀。
不過，我最後的念頭將是
對妳和人類⋯⋯

⋯⋯和對地球的思念。

沒什麼能阻止俄國人把
所有彈頭射向我們了。
我們毫無防備，
也無法反擊。

我們唯一的希望，
是只有一人能做出殺死
數十億人的決定。

⋯⋯對，克拉克。
雙方都是。

美國對它的名稱是召冷者。
它是設計來對環境造成最大
破壞──同時不損害
你朋友們重視的工業地址。

既然我身上的
原子沒有在
平流層中彈跳──

──既然高譚市如同龐大的
黑暗墓園般靜滯──

──既然韋恩大宅的
緊急發電機沒有啟動──
羅賓的錶也停了──

──我猜俄國
就已經在武裝
競賽中奪得
先機了。

我會追蹤這些事，
克拉克。

我們之一總得
這樣做。

—天啊，裡頭的
一切都—

該死的濃煙—

—看不見她—
看不出她還活著或—

—我和其他無頭蒼蠅一起
在街上亂竄—這可不妙—

—我開始大聲
發號施令

有個老太婆
嘲笑我

整座城市都
停電了—

酷！

超酷—

今晚是
我們的了。

把他們
大卸八塊—

大卸八塊—

你聽到馬的
聲音了嗎？

啥？

你知道—
像西部片—

往旁邊看，
傻蛋—

在那裡！

沒人在聽—
都瘋了—
像世界末日般
搶奪食物—

或許末日的確降臨了
—但我們不該這樣。

—我當然
還帶著它—

—他們開始
聽話了

THUNK
咚

啊啊啊

THUNK
咚

OWW
哎呀

THUNK
THUNK
THUNK
咚咚咚

局長—

安靜，
梅克爾。

……**牛蛙**，牠們會
在乾燥的河床裡
睡上好幾年……
當雨水落下，牠們就會
爬到地面……

現在……只剩下
燒黑的玻璃……

……無盡的**烈焰**……
我們的人民，
布魯斯。
你嘲笑他們。

他們能做出
這種事……
你卻大笑……

……他們能撕裂**現實**……
將一百萬噸
的沙土炸入天空……

……遮蔽我所有
力量的來源……
斷絕尖叫中的數百萬人
內心的希望……

磁性風暴……
妳完全有理由感到
憤怒，地球母親
……妳給了
他們……一切……

他們渺小愚笨
又惡毒……但**拜託**……
傾聽他們的懇求……

拜託……我正
緩緩死亡……

我只需要……
碰到太陽……

妳……太慷慨了……

妳給了我……妳美麗的叢林……

我發誓……

……妳的養子會讓妳感到光榮。

從我的房子中……

……傳出她的尖叫……

莎拉的身高——

——莎拉的頭髮——

那裙子——

——可能屬於莎拉——

試著別太嚴格批判他們。這對我們而言,都是殘酷的考驗……

……我們也只能希望,這是場教訓……

我們沒人能不帶羞恥地回想那晚。就連一切開始前……我本來沉浸在自己的世界。

是這樣的,我一直對聲音很敏感……

……那男孩——他似乎刻意靠近我,讓我的晚間散步時光失去了樂趣……

……還一直大聲播著收音機……

當它發出尖鳴時,我就責怪那孩子。老實說,我轉身面對他……

……接著我注意到他自己的困惑——還有似乎籠罩整座城市的黑暗。

我聽到叫聲……

對,我在大叫。你以為會怎樣?我剛好碰上該死的截稿期限。什麼?對,我當然聽說過炸彈的事了。但我有自己的問題得處理。

我不想離開車子——特別是在那一帶——

——但我曉得,我最好趕快打給保險公司,以免吃虧。

我還沒站起來,一陣爆炸就讓我倒在地上——

我的腳踝感覺起來斷了——有人要挨告了——

他們像蓋世太保一樣衝向我們——蝙蝠俠和他那群小鬼大軍——你會以為我們是**罪犯**。

我想保護自己——他把我抓起來——

斷了三根肋骨——這個護頸可不是鬧著玩的。等他們逮到那個瘋子，我的律師就要跟他談談。

是誰給他權力的？

當他說話時——我指的是蝙蝠俠——感覺就像……很難描述……他的嗓音中有某種感覺……

……總之，他告訴我們說，我們可以整晚被五花大綁——或是幫忙救火……

整晚……只有一次……才露出破綻……

她只尖叫了一聲。已經來不及幫她了。

她不是莎拉。我不認識她。

他發號施令，變種人、蝙蝠俠之子和每個人在那一瞬間跑掉……

……他才像個老人般在馬鞍上搖晃……

……接著他挺起身子，並咧嘴而笑，彷彿這一切十分逗趣。

他不會死……

原來是莎拉忘了跟我説她需要牛奶。

得多買一個東西。

結果莎拉去了雜貨店。

在暴民離開後，爆炸就繼續發生

……我幾乎沒有意識……如果不是那男孩，我……

沒錯。帶錄音機的男孩。他把我拉到一旁。當蝙蝠俠丟下醫療用品時，那孩子就發送了物資……

……他在我身邊待到早上，幫助燒傷的傷患。

但當然了，早晨並沒有到來……

……一週後，高譚市的正午仍然漆黑。八月還是寒冬。有請卡拉‧許瑞克解釋……

蘇聯的**召冷者**是設計來引發全面核戰帶來的環境效果。首先，它產生的電磁波造成大停電——

關於那股電磁波，別錯過我們今晚的特報——你最愛的明星問：「停電時，你在哪？」卡拉？

蘿拉，電磁波只是開始。整個半球的氣象模式完全遭到攪亂——

肯定沒錯，卡拉。我的**衣櫃**也亂成一團。這是今年最冷的日子。我現在都不曉得該怎麼穿了……

飢荒
暴動
古巴不肯讓步
媒體壓力
中東內戰
可信度災難

……不，總統先生。恐怕**他永遠不會**讓我活捉他……

的確最冷，蘿拉——直到明天為止。炸彈的爆炸將數百萬噸煤灰送進平流層——

——創造出一股會覆蓋**美洲**的烏雲，並遮蔽**太陽**——奪走我們的光與熱……

……數千人將因此凍死……農作物蒙受的傷害可能帶來飢荒……

我很訝異他居然冒險回到**美國**——而且**克拉克**還在國內——

——但奧利佛總是衝動行事。

我可以理解這種衝動……

你老是搞錯，布魯斯……

……給他們製造這麼大的威脅。對啦，你把一切搞得神祕兮兮——但神祕得有點太明顯了，老兄。特別是最近。

你得學會該如何讓那些王八蛋幫你做事。聽著——我**逃獄**已經**四年**了。

——你知道我很忙——

……五角大廈的情報來源今天透露，電腦當機導致美國核子潛艇英勇號沉沒……沒有船員死亡……

——他們也在為我**掩飾**，就像他們隱藏我逃脫的事一樣。當然啦，他們很想打壓我的消息……

……只要他們能不承認我存在就好。

但是你，布魯斯——

——老兄，他們得殺了你。

奧利佛——你想要什麼？

我早就知道，最後會是你和**藍衣乖寶寶**的對決。地球沒法同時容納你們倆。

當一切來到**終局**……

……我要分他的一塊肉。**一小塊**就夠了。這是為了舊怨，你懂的……

……天氣冷時還是會痛……

……沒什麼我們處理不來的，各位。我們還是美國——我也還是總統。

那傢伙是誰？他曾經打擊犯罪過。他講話的方式跟我爸差不多。

……**總統**實施了**有限戒嚴**，因此為執法單位布署了軍事援助，以便對抗暴力與搶劫……

就在那裡——在馬鞍上——那是我唯一需要的理由……

……她居然能這麼快學會騎馬，讓我幾乎感到**害怕**……

她還有數十年——數十年的人生得活……

……**紐約**，芝加哥，大都會——美國每座城市都陷入全國性恐慌——只有一處例外。對吧，湯姆？

恐慌！

……接著——有道**熱光**……

——從天而降

WHERE?

哪裡？

——一切就此開始……

犯罪巷。

……**沒錯**，蘿拉。多虧蝙蝠俠與他的私刑者幫派，高譚市的街頭十分安全——除非你想**犯罪**……

……康復狀況不佳，布魯斯少爺。

我該準備另一份**興奮劑**嗎？

為何要拖延你第一次心臟驟停呢？

奧利佛——也許奧利佛説得對……一直都對。

……儘管聽起來像瘋話……

……該死的行動**病床**……

說夠了，阿福。

……在過去一週內，在潛在搶匪身上發生了七十三次**暴力攻擊**，目擊證人説這是蝙蝠俠與他的幫派所為……

那晚……展開了追捕**竊賊**與**殺人犯**的三十年……

……當你來**找我**時……當時在**洞穴**裡……我才六歲……

你很古老……沒有東西能殺害你……

……但這場戰爭……

……當時還沒開始……

不……其實是……兩年後……當時她的項鍊卡在他手腕上……

……當他把手槍推到她的**下顎**旁，並扣下**扳機**時……

……我母親身上的一切，全都血肉模糊地倒在路面上……

……殷戴局長拒絕對高譚市警方在調查蝙蝠俠的謀殺罪指控上懈怠一事發表言論……

……這是你的計畫嗎？

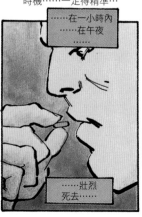

時機……一定得精準…

在一小時內……在午夜……

在無垠的夜空某處……如同負傷**巨熊**發出的**怒吼**……

我得到了答案

……陸軍部隊已撤離了人稱犯罪巷的貧民窟——他們沒有對此發表解釋，完全拒絕媒體報導——

謠言四起——軍用直升機在犯罪巷的空蕩街道上空盤旋——這是否代表軍方企圖抓住蝙蝠俠——

……壯烈死去。

你不會相信這招，克拉克，

我最厲害的**招數**

——或者這是兩名泰坦的最終決戰——披風十字軍的最後一役——對上強大的鋼鐵之軀

SKRIKK 嘎嘎

請勿調整你的電視

他們在**警戒線**上留了個**洞**，空間大到能讓**坦克**進入。

我就這麼做了。

剩下二十分鐘。我清楚你不會遲到，克拉克。

你討厭熬夜。

……一切就緒，老大。也許你該把**計畫**告訴我了……我是説……

……你要死了嗎？

風逐漸變強……

……有東西干擾了我們的訊號，肯特。

只能靠你找他了——

我想會吧。

沒錯，克拉克……掃描這區域……

……用X光掃過這裡……

……啟動我努力打造的**六枚追擊導彈**。

這是**力量**測試……

……我想看看你從那場**核爆**中恢復了**多少**。

他得用上全速才能躲開它們……

他沒有用上全速。我看著它們追了他一分鐘。

我遇過更糟的情況。

想到四十多年前的那晚，令人感到奇怪。

布魯斯少爺當時只有九歲，晚上和平常一樣不安……

當阿福為他念書時，他仍然禮貌地坐在床上。

「《失竊的信》。」
「對，就是那篇故事……」*

……他沉默地傾聽，而當阿福説完故事時，就解釋愛倫・坡先生對偵探小説的貢獻。

接著，他用鋼鐵般的堅毅嗓音……

TK TK TK
喀 喀 喀

TK TK TK
喀喀喀

*譯注：原文並未附上下引號，疑似有誤。

……他的雙眼閃著令人畏懼的
正經神色……

阿福向他保證，
惡棍確實伏法了。

……布魯斯少爺問
——不，要求説
——「兇手遭到逮捕。
也受到處罰。」

布魯斯睡得
像個孩子。

引爆
倒數

00:11:24

他準時落地。

離我有
一個街區遠。

呼吸得
有點快——

換羅賓
上場——

那一砲能擊沉戰艦。
我想他感覺到了。

POOM
砰

WHMP
喀

SKREK
喀

明天不是
該上學嗎？

風變強了。

他正在說話——想和**我講道理**。我當然**聽不見他**……

……不，我的耳朵受到保護——所以我只需要擔心自己的牙齒——

——在我嘴裡打顫——或是像街區上每道窗戶一樣裂開——

——我對他發射音波。

流鼻血——太快了，克拉克——

別現在就倒地——夜晚還很漫長——我——有很多計畫——

——一切得**在此**結束——在這條骯髒的街道——

——我父母**在此**死去……

……我可以在此使用城市的電力。

每一瓦電力都行——

——以便烤焦你的腦袋——

——還在說話——繼續說吧，克拉克……

……你老是知道該說什麼話。

「好」——你老是對任何戴徽章的人說**好**——或是帶國旗的人——

糟了——

——回饋資料——我還沒傷到你分毫——

——但狀況變糟了——提前變糟了——

沒打中你——和**我**的電力——讓這套**裝甲**運作，克拉克——

你早該學會——身為人類的意義了——

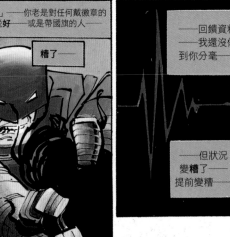

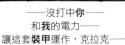

你只是血肉之軀——
——和其他人一樣。

布魯斯——
這太蠢了——

肯特癱瘓了某些重型裝備
——表面全是堅硬合金
——長官——
它在晃動——

搞什麼——

隊長——他的
頭盔掉了——
——我可以
瞄準。

別輕舉妄動，士兵
——等到他們其中
一人倒地再說。

這是
總統命令。

第三小隊——回報。

RRRMMMM

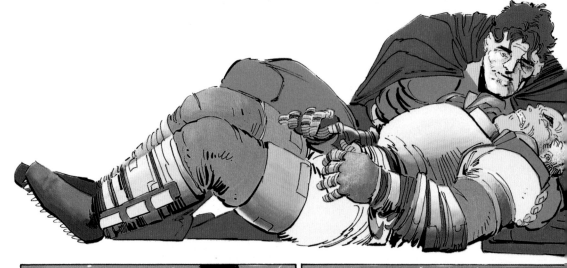

時鐘敲了
十二下。

古老的荒地在
阿福腳下顫動。

地底深處藏有蝙蝠俠
每個珍貴祕密的電腦，
正在爆炸起火……

韋恩太太的無價瓷器收藏，
發出音樂般的碎裂聲……

……韋恩大宅的中央結構
開始搖晃，彷彿活了起來……

世界化為血紅。大宅屋頂
隨著火柱狂亂上升。

阿福的脊椎傳來一陣抖動
當他的頭逐漸變得輕盈時
他便想：當然了。

……空蕩的馬廄如同
牙籤搭起的模型般
倒塌……

……接著消失在陽光
般明亮的閃光中。

時機剛好。

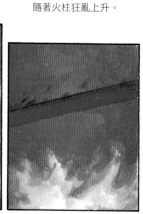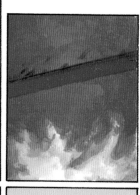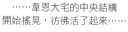

別碰他──

……贊揚他的
靈魂……

……在過去七十二小時內，
雲層已幾乎完全消失。
總統宣布緊急狀態
已進入穩定……

再談談本週的頭條新聞——
蝙蝠俠的驚人生涯來到
悲劇性結尾……

……對抗政府部隊時，
這名犯罪鬥在心臟病發。

他的身分是五十五歲的
億萬富翁**布魯斯·韋恩**
——他的死與他的一生
同樣神祕……

狗娘養的——
我**知道**是誰殺了他！

瑟琳娜——
別在這……

韋恩大宅遭到一連串爆炸
夷平，顯然是由韋恩的管家
所引發，有人發現他在
事發現場旁中風死亡……

……火焰摧毀了蝙蝠俠
作案手法的所有證據。
韋恩家的財富似乎也
一併消失……

國稅局人員調查了韋恩的
記錄，發現他每個銀行帳戶
都空無一物，所有股票也都
已售出……

……不敢
相信他居然
敢來……

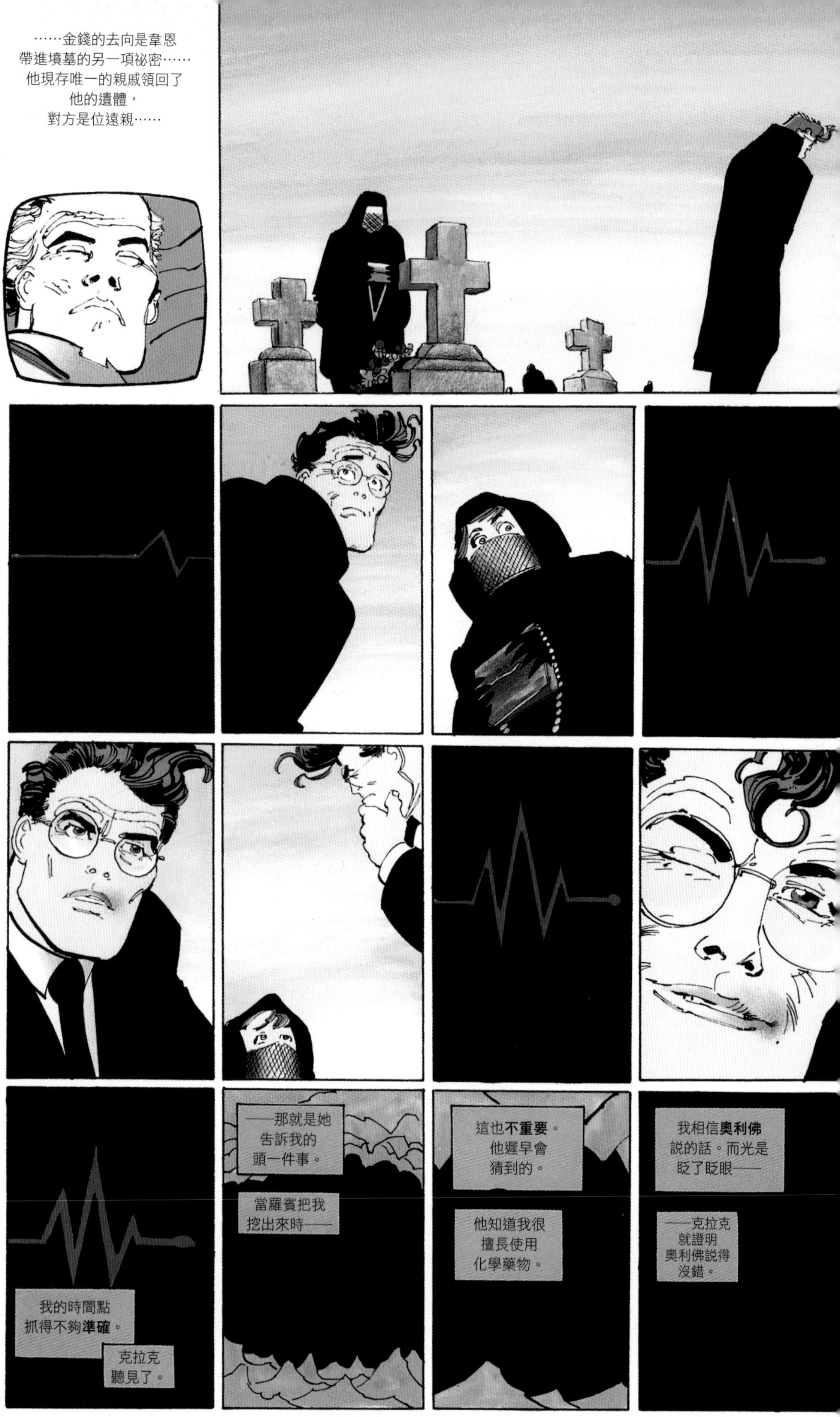

……金錢的去向是韋恩
帶進墳墓的另一項祕密……
他現存唯一的親戚領回了
他的遺體，
對方是位遠親……

──那就是她
告訴我的
頭一件事。

這也**不重要**。
他遲早會
猜到的。

我相信**奧利佛**
說的話。而光是
眨了眨眼──

當羅賓把我
挖出來時──

他知道我很
擅長使用
化學藥物。

──克拉克
就證明
奧利佛說得
沒錯。

我的時間點
抓得不夠**準確**。

克拉克
聽見了。

原版封面
美術集錦

精裝版封面
由 奇普 · 基德 設計

BATMAN: THE DARK KNIGHT RETURNS

FRANK MILLER

with KLAUS JANSON and LYNN VARLEY

初版劇本

「這是第一部我稱為《黑暗騎士》的作品。一部關於《蝙蝠
俠》重出江湖的提案，它為我提供《黑暗騎士歸來》第一卷
的背景故事以及《蝙蝠俠：第一年》的大部分內容。」

—法蘭克・米勒

黑暗騎士DC大都會漫畫
法蘭克・米勒 著
2/29/84

黑暗騎士
DC大都會漫畫
法蘭克・米勒 著
2/29/84

第一集

我是誰

我如何出現

猛烈的雷暴擊打著優雅的韋恩大宅。閃電發出強光，勾勒出原本陰暗的書房。我們見到一隻手伸向巨大的白蘭地酒杯，將它移到瘀青腫脹的雙唇邊。二十四歲的布魯斯‧韋恩，他滿布傷痕的的臉孔幾乎不成人形，這解釋他害怕今晚可能會死。

第二道閃電顯示布魯斯正對他父親的大理石胸像說話。布魯斯愉快地提起他的童年。他記得他父親告訴他很多次，小布魯斯浮躁的天性某天會害死他。

……六歲的布魯斯韋恩，正開心地探索韋恩大宅周遭。家族忠僕阿福‧潘尼沃斯試著跟上這敏捷的孩子，但布魯斯跑去追一隻兔子，把阿福拋到腦後。兔子躲進洞中，布魯斯則魯莽地追上。布魯斯腳下的土地幾乎立刻裂開，他則一頭落入黑暗中。

他擦傷的膝蓋與摔落時的回聲，讓布魯斯明白自己處在某座巨大洞窟中。接著，他聽見尖鳴，與數千隻翅膀的拍打聲。蝙蝠群撲向他，並在他瘋狂揮舞雙臂時撤退。他四處打量，眼睛逐漸適應了黑暗，也看到一隻龐大無比的蝙蝠，對方緊靠地面，回瞪著他，不願像牠的兄弟們一樣撤退……

布魯斯持續對他父親說話。他對今晚的思緒感到困惑。他想要他父親幫他找到前進的道路。他迷失了，在他覺得唯一重要的事上遭逢失敗。他為何會想到蘇洛？

……道格拉斯・費爾班克斯扮演蘇洛的黑白畫面劃過電影螢幕。年僅七歲的布魯斯目瞪口呆地看著蘇洛擊敗一群士兵。

當他們離開電影院時，布魯斯感到十分開心。他父母大笑並牽著手，布魯斯則四處蹦跳，模仿著他們的新英雄。父親提到那部片是他小時候最愛的電影之一。近四十歲的韋恩夫婦是對快樂而充滿吸引力的夫妻。當他們沿著街道行走時，我們看到在前景中，有響亮的腳步聲正跟著他們。

　　有個槍手面帶威脅地走到韋恩夫婦身後，要求湯瑪斯與瑪莎交出現金。湯瑪斯握拳轉身。槍手開了一槍，湯瑪斯則倒地不起。布魯斯走向槍手，他的嘴準備尖叫。槍手把手槍槍管轉向布魯斯的臉。瑪莎踏向前去保護她的孩子。槍手抓住她的鑽石項鍊，隨即開火。當瑪莎往後倒向她丈夫身上時，項鍊就從他手中鬆開。

　　當布魯斯抬頭看槍手的臉龐時，時間彷彿凝結。他在男人眼中看到冰冷感，他從報紙上照片中的男人眼中，看過相同的冰冷感。那是個名叫奧斯華的人，他可能射殺了總統。布魯斯盯著對方，注視著如同惡魔的男子，此時槍手將手槍對準布魯斯。接著，布魯斯在槍手眼中看到一絲罪惡感，也明白射殺他父母的是個凡人。這是他永遠無法忘懷的景象。槍手退後並逃入夜色中。

　　當晚，布魯斯幾乎沒有注意到某個女子的溫和關注，以及表情嚴厲的員警提出的諸多問題。所有與時間相關的感受都已消失。數週與數天的醫生與治療師療程逐漸逝去，布魯斯則彷彿從遠處觀察著所有人。

他聽到別人描述他受創與陷入緊張。但布魯斯清楚他只是離開了世界，直到他找到理由前，都不願回去。

　　在他父母遇害三個月後，布魯斯找到了理由。當憂心又蒼老的阿福坐在他的病床旁時，布魯斯醒了過來。他冷靜而肅穆地告訴阿福說，他要投入畢生對所有罪犯開戰。他問阿福是否願意幫忙。阿福平靜地同意。

　　六個月後，布魯斯將家族律師找進他父親的辦公室。布魯斯盤腿坐在他父親的大椅上，腿上擺了本翻開的大書。他解釋說，他希望利用他的薪水來取得律師的服務，讓孤兒院、監護人和學術機構遠離布魯斯的人生。阿福會擔任布魯斯的監護人，直到布魯斯滿二十一歲。律師告訴布魯斯，不可能辦到這一切。布魯斯說不。辦得到。事實上，他才剛找出做法。他開始念腿上的書。

　　我們短暫看到布魯斯與家教們上課，他們對他的資質與專注感到訝異。阿福有些擔憂地旁觀，他稍微感到困惑，也非常驕傲。布魯斯有一度對阿福說，他學到的知識中，沒有任何東西與他七歲時學到的教訓相斥：

只有當你強迫世界時，它才會產生道理。

十二歲的布魯斯躺在床上，阿福則為他念著《失竊的信》最後的幾行話。阿福露出微笑，並放下書，談起了該故事在偵探小說發展中的重要系。緊閉嘴巴的布魯斯睜著雙眼，平靜地問兇手是否被抓到並遭到處份。阿福向他保證，對方的確如此。布魯斯闔上眼睛，並平靜地入睡。

十九歲的布魯斯站在南美洲的山頂。他和十幾個男女穿著白色的空手道袍。布魯斯遭到一個大漢攻擊。他輕易將對方摔到地上，並迅速轉身，用他的腳踏上對方的脖子。他的下一集能輕易殺掉男子。布魯斯後退並微笑。他轉身看他的老師，那是個外貌看來凶狠的黑人，名叫雅格。雅格猛烈地毆打他的臉，告訴布魯斯說他的手段還是太暴力、太憤怒了。布魯斯反駁，說雅格知道使用他不拘一格的打鬥方式時，布魯斯是他最優秀的學生。雅格告訴布魯斯說，他的感覺干擾了他的專注度，憤怒奪走了他真正的力量。布魯斯說那只不過是說好聽的，在全班面前羞辱了雅格。雅格決定拿布魯斯殺雞儆猴，並惡狠狠地踢了他兩次，把他擊倒在地。布魯斯

抬頭一看，並咧嘴一笑，說他會讓雅格看看他的憤怒有什麼用。布魯斯似乎從地面騰空飛起，猛烈踢中雅格的胸口與腹部，再用功夫拳擊打扁雅格的鼻子。近乎失去意識的雅格癱倒在地。他看著布魯斯離開，滿臉因仇恨而扭曲。

　　二十四歲的布魯斯‧韋恩回到高譚市。他冷靜地走過他父母遇害的狹窄街道，並停下腳步，輕鬆地靠在路燈上，這盞燈照亮了他父母十七年前倒下的路面。他幾乎能看見他們，還有個小男孩的臉龐，男孩的世界已完全破碎。還有另一張臉，它屬於並非惡魔的男子……我們從布魯斯身後，看到三雙腳接近，隨後則變成六雙腳。

　　他們迅速又愉快地包圍他。有個人問他，這麼晚了，上城區的小子在這種爛社區幹嘛？布魯斯近乎心不在焉地說，自己在這裡出生。其中一人掏出九釐米手槍，要他交出皮夾。布魯斯說不，我不想。接著他跳到手槍上空，用一記飛踢將混混打倒在地。布魯斯落到地上，抓起掉下去的手槍，瞄準最靠近的混混。手槍卡彈了。

接著他們撲向他，又踢又刺，惡狠狠地毆打他。儘管遭到包圍，布魯斯仍舊反擊，打傷了好幾人。但他們打贏了他，奪走皮夾並讓血淋淋的他倒在人行道上。過了很久後，他居然開始蹣跚地走回韋恩大宅。

……布魯斯坐了下來，向他父親懇求。今晚他明白，光是知道如何打鬥還不夠，無論打鬥技巧多高超都一樣。他的任務需要以一當千。他需要某種東西──某種能讓他得到優勢的東西。他向父親懇求。讓我知道該怎麼做。

外頭傳來震耳欲聾的雷聲。高處有道平開窗往內碎裂。在那一瞬間，一切安靜無聲。接著，他聽到翅膀的拍打聲。他六歲時在洞穴中見過的巨大蝙蝠滑入書房，外表醜惡駭人，又十分強大。牠落在他父親的胸像上，雙翼垂在他父親頭部兩側。牠盯著布魯斯。布魯斯注視惡魔的雙眼深處，並露出微笑。

他說：謝謝你，父親。

《黑暗騎士歸來》沒有用到的第一頁

BOSS.. YOU'RE TURNING THE WRONG WAY..
HOLD ON--
SON OF A BITCH--
BLAM
NGG
YOU'RE HIT--
FLESH WOUND--
BANDAGE IT-- ON THE WAY--
SKREEK
KLAUS: ROBIN'S CAPE NOT SILHOUETTED
HOW MUCH LONGER... HAVE I GOT...?
ALL UNITS.. CONVERGE ON KYLE ESCORT

THE DUMP.

IT'S A BREEDING GROUND FOR INSECTS AND RODENTS.

SOME RODENTS FLY.

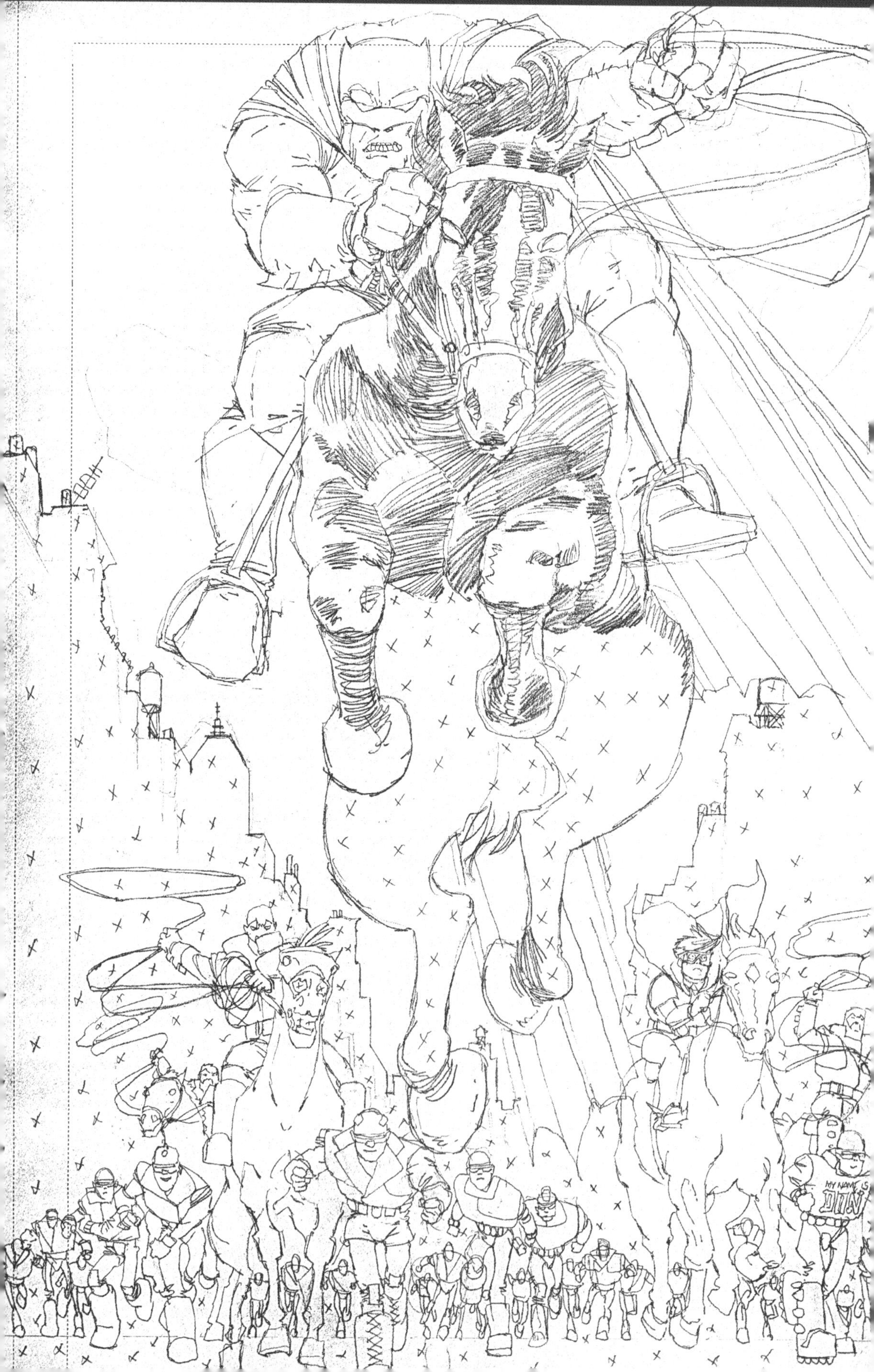
MY NAME IS
DON

...I WANT YOU... TO REMEMBER, CLARK...
...IN ALL THE YEARS TO COME...
...IN YOUR MOST PRIVATE MOMENTS...
I WANT YOU TO REMEMBER ...MY HAND...AT YOUR THROAT...
...I WANT... YOU TO REMEMBER...
...THE ONE MAN WHO BEAT YOU...

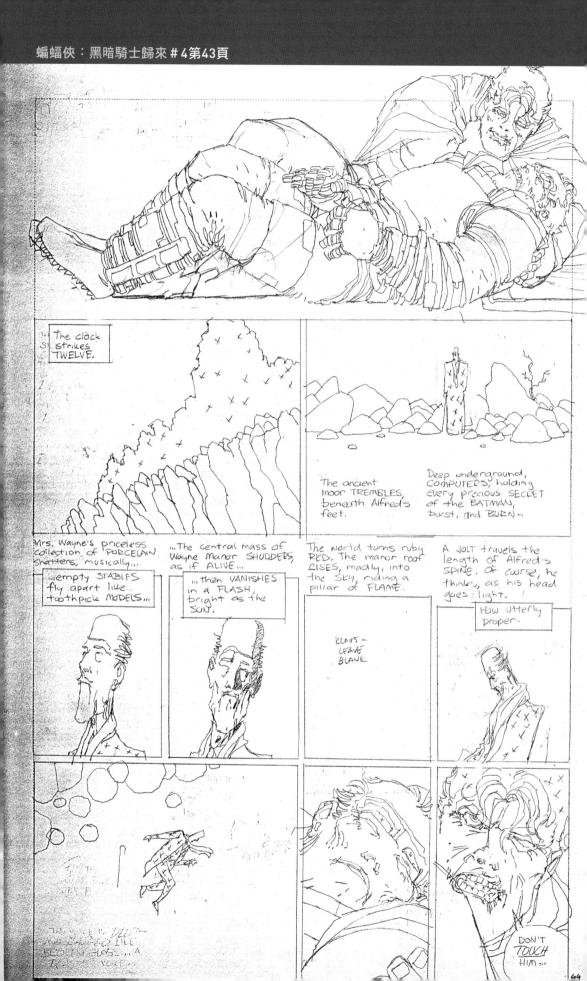

The clock strikes TWELVE.

The ancient moor TREMBLES, beneath Alfred's feet.

Deep underground, COMPUTERS, holding every precious SECRET of the BATMAN, burst, and BURN...

Mrs. Wayne's priceless collection of PORCELAIN shatters, musically...

...empty STABLES fly apart like toothpick MODELS...

...The central mass of Wayne Manor SHUDDERS, as if ALIVE...

...then VANISHES in a FLASH, bright as the SUN.

The world turns ruby RED. The manor roof RISES, madly, into the sky, riding a pillar of FLAME.

A JOLT travels the length of Alfred's SPINE. Of course, he thinks, as his head goes light.

How utterly proper.

KLAUS – LEAVE BLANK

DON'T TOUCH HIM...

法蘭克・米勒

法蘭克・米勒由1970年代開始漫畫生涯,起初他為漫威漫畫撰寫《夜魔俠》,並創造出偽裝成漫畫書的犯罪小說。創作《夜魔俠》時,米勒得到了名聲,也磨練了他的敘事能力,並往成為漫畫媒體界的巨人踏出第一步。

在《夜魔俠》之後,米勒來到DC漫畫,他在此創作了《浪人》,一部科幻日本武士劇,將日本與法國漫畫傳統無縫接軌地拉進美國主流漫畫中;之後的創新巨作《黑暗騎士歸來》和《蝙蝠俠:第一年》,兩者不只重新定義了這位經典角色,也為漫畫產業帶來全新活力。

終於能讓創造道地犯罪故事系列的夢想成真後,米勒便在1991年出版了《萬惡城市》。讀者們熱情地回應米勒的硬派黑色電影式戲碼,並立即創造出銷售佳績。

他在黑馬漫畫發行的得獎無數系列《300壯士》於1998年正式上市,內容講述史上最光榮且最罕為人知的戰役之一。

在2001年,米勒用暢銷書《蝙蝠俠:黑暗騎士再度出擊》回到了超級英雄類型故事。

法蘭克・米勒持續將漫畫媒體推向新領域,探索先前在漫畫中從未接觸過的主題,他的作品也持續得到業界同儕和各處讀者的高度讚揚。

在2005年,隨著與勞勃・羅里葛茲共同執導的《萬惡城市》大獲成功,米勒便為自己原已傑出的履歷加上了導演身分,並將他的角色們介紹給全世界的新粉絲。

克勞斯・詹森

克勞斯・詹森於1952年出生在德國科堡,並在1957年來到美國。

當他在康乃狄克州長大時,就幾乎完全從露薏絲・蓮恩與超人漫畫中學會閱讀與用英文書寫。

即便在孩提時期,當他自覺充滿能力時,就會剪下漫畫,把它們貼到紙上並組出新故事。最後這讓他覺得,直接畫出故事並保存漫畫,可能是踏入這媒體更有效的方式。

與改變她一生的導師迪克・吉奧丹諾珍貴的師徒關係,也激勵他繼續創作下去。

在經歷多年的作品集審核與退稿後,漫威漫畫給了他兼職的職位,讓他為當時充斥市場的黑白恐怖漫畫重印版本繪製黑白圖。

改變這一切的,是兩件事。

首先,與法蘭克・米勒在1980年中合作的《夜魔俠》是個罕見機會,讓這兩位藝術家能夠在不受傳統期待或企業思維的狀況下工作。對主流出版而言,《夜魔俠》是部異色之作,也是美術直覺與智慧相互衝擊之下的作品,並因此產生了完美平衡。那股完美時刻導向了他們的下一場合作:《黑暗騎士歸來》。

另一步則是在視覺藝術學院任教。克勞斯相信,溝通是人類最強大的工具。溝通能力有許多形式,但核心則是敘事技巧。

克勞斯住在紐約,他在此寫作、繪畫、上墨、上色和教漫畫課,偶爾還會陷入自以為很能幹的幻想中。